Mazarine Pingeot, jeune trentenaire, est normalienne et agrégée de philosophie. *Le Cimetière des poupées* est son cinquième ouvrage (tous parus chez Julliard).

DU MÊME AUTEUR

Premier roman
Julliard, 1998
et « Pocket », n° 10656

Zeyn ou la Reconquête
Julliard, 2000

Ils m'ont dit qui j'étais
Julliard, 2003

Bouche cousue
Julliard, 2005
et « Pocket », n° 12825

Mazarine Pingeot

LE CIMETIÈRE DES POUPÉES

ROMAN

Julliard

TEXTE INTÉGRAL

ISBN 978-2-7578-0839-9
(ISBN 978-2-260-01730-1, 1re publication)

Bâtiment des femmes. Le 15 avril 1999

J'avais mis des bottes, j'étais sûre d'avoir du succès, elles étaient si chères. Je ne t'ai pas parlé de la dépense, tu m'aurais fait des reproches, c'est sûr. Mais je pensais que, vu le prix, on les remarquerait. Il y avait une femme, avec un chapeau, un chapeau, comment dire, ni rond ni carré, un chapeau de détective, le même, presque le même que ma mère gardait en souvenir de mon père. C'est tout ce qu'il lui a laissé, j'aurais pu dire nous n'est-ce pas, mais le nous que nous formions, ma mère et moi, n'était que de circonstance. Dire qu'il lui a laissé est aussi excessif, il l'a abandonné, dans une pièce quelconque, il l'a oublié là, avant de claquer la porte une bonne fois pour toutes, devant ce ventre infâme que je déformais. Elle l'aurait voulu vide, ce ventre, et plein ce chapeau.

Tout le monde n'avait d'yeux que pour elle, parce qu'elle était belle je crois, mais je ne pouvais m'empêcher de penser que c'était à cause du chapeau. Alors mes bottes, bien sûr. D'une certaine manière, ça aurait pu me rassurer, tu ne les as pas remarquées toi non plus, ces bottes hors de prix, peut-être les aurais-tu trouvées jolies, sans poser de questions, parce que après tout elles ressemblent à des bottes, celles que je portais il y a dix ans déjà, depuis c'est revenu à la mode, mais est-ce que tu te soucies des modes, est-ce que tu te soucies de la manière dont je m'habille, est-ce que tu regardes jamais mes pieds ? Son chapeau, oui, parce qu'elle l'a sur la tête et que, quoi qu'on en dise, c'est toujours le visage qu'on regarde en premier.

J'avais encore raté mon entrée dans cette salle, mais comment deviner que ce serait notre dernière soirée ?

Tu te tenais à mes côtés, et je les observais, toutes ces femmes, femelles, artistes, présidentes de société ou assistantes, des élégantes. Tu n'aimais pas l'élégance, le luxe, l'ostentation, et j'avais réussi à me rendre invisible, comme tu trouvais qu'il seyait à une femme. Pourtant j'avais remarqué que tu les regardais, ces femmes habillées avec soin, que tu leur souriais et même que tu leur plaisais. J'aimais que tu les approches, les séduises, combien tu étais brillant alors, combien j'étais fière de toi, de tes mots, de ton esprit, de cet humour que tu déployais, toi qui n'avais pas tant l'occasion de faire rire, parce que je suis sérieuse, trop sérieuse, et si j'ai pensé un moment que cela te convenait, je soupçonnais aussi que tu m'aurais peut-être préférée éblouissante. À défaut, tu te délectais de leur compagnie, à ces femmes du monde, et je n'en prenais pas ombrage, j'aurais fait comme toi à ta place, je les trouvais intéressantes moi aussi, je les admirais, et je t'admirais de te faire admirer d'elles. Au fond de moi je me disais, c'est mon mari qui vous plaît ainsi, vous voyez comme il peut se montrer amusant, intelligent, léger, vous voyez ce qu'on voit rarement, ce qu'il montre seulement quand il est d'humeur heureuse, ce qu'il montre aux autres, pour se défendre, pour nous défendre, pour opposer au monde les murailles de notre foyer, l'intimité si précieuse et jamais exposée, parce que sans doute, à tes yeux elle était précieuse. Et ces rares fois où tu te montrais enjoué, j'en étais secrètement ravie. Je voulais faire durer ces soirées où le vin te rendait à toi-même, à cette gaieté qui te caractérisait lorsqu'on s'est rencontrés. Ça me soulageait, oui, de m'assurer que je ne t'avais pas rendu définitivement à la tristesse, que tu étais capable, devant moi, de puiser dans tes réserves et montrer la face merveilleuse qui m'avait tant séduite.

Ton autre face, c'est mon affaire, celle que tu me réserves parce qu'il n'y a qu'en moi que tu aies confiance, et qu'en moi s'épuisent tes colères. Je ne t'en veux pas, ne t'en ai jamais voulu, tes colères, c'est mon trésor, ton don à moi seule parce que tu me connais, et qu'aucun masque n'est utile en ma compagnie, que tu me laisses prendre sur moi tes détresses, sachant que jamais je ne te trahirai, sachant que ma main maternelle finira par se poser sur ton front. Et que tu pourras, parfois, pleurer contre mon épaule, en t'excusant. Alors que tu sais bien que tu n'as pas besoin de t'excuser, que ma patience n'a pas de limites, ni mon amour, que je n'ai pas à pardonner tes peines, qu'elles me pèsent parce qu'elles te font mal, c'est tout. J'aurais pu te soigner si je n'avais pas été aussi stupide, aussi maladroite, si je n'avais pas été aussi égoïste. Mais on ne se refait pas n'est-ce pas, je suis née égoïste, on me l'a assez fait comprendre. Je pensais qu'avec toi j'aurais pu me guérir, qu'à force de ne penser qu'à toi en essayant d'oublier mon importante petite personne, j'aurais pu me débarrasser de cette inflation de l'ego que ma mère m'a si souvent reprochée. Oui, déjà petite, je ne pensais pas suffisamment à elle, oh j'avais l'impression, bien sûr, de ne vivre que pour et par elle, mais je me rends bien compte que ça ne suffisait pas, qu'en réalité il n'y avait que moi, moi et encore moi, que je ne réagissais jamais comme elle le souhaitait, et que c'était faire fi de sa sensibilité. Vous en parliez parfois ensemble, du monstre d'égoïsme. Mais comment se débarrasse-t-on de cette monstruosité, dis-moi ? N'ai-je pas essayé toute ma vie de me défaire de moi-même et de ces pulsions qui retournaient toutes à moi, à mon plaisir, à mon sentiment, parfois même à mes colères ? J'ai su faire taire les colères, j'ai su faire taire le plaisir, j'ai su n'être qu'amour. Mais c'était bien peu de chose par rapport à ce que j'aurais dû te donner. En étais-je seulement capable, quand on naît égoïste, on le reste, quels que soient les efforts, et ai-je vraiment fait des efforts ?

Parfois, tu me remerciais, et mon cœur se brisait, trop étroit pour la reconnaissance, tu me remerciais d'un dîner réussi, de l'éducation de tes enfants, d'être là. Souvent, c'était après une promotion ou une réussite professionnelles. Mais je n'étais déjà plus habituée aux compliments et, égoïste encore, je ne savais pas les recevoir. Je te reprenais, t'empêchais d'en dire plus, j'avais honte que tu puisses me remercier de ce qui t'était dû, de ce que je ne faisais que par devoir, non par talent. J'avais honte que tu puisses me dire des mots tendres, de cette imposture, de mon imposture qui te faisait croire, ces rares moments, que je n'étais pas celle que tu connaissais, que j'étais une femme tout à fait bien, une bonne mère, quelqu'un de respectable. Et je préférais sans doute tes insultes parce qu'elles disaient ta souffrance, à tes compliments parce qu'ils révélaient une erreur, qu'ils parlaient d'une autre personne qui n'était pas moi, d'une personne que tu aurais sans doute aimée si elle avait existé. Jamais je ne me sentais plus exclue que lors de ces heures clémentes où tes mots étaient doux à mon endroit, et ce qui me faisait les supporter, c'est que je savais que plus tard, le lendemain, ou le soir même, nous reviendrions à notre vie normale, et que je les paierais ces jolies choses que j'avais injustement endossées. Et si cela n'arrivait pas, je me pinçais jusqu'au sang, pour te rendre justice.

J'ai la preuve aujourd'hui que je n'ai pas surmonté cet égoïsme pathologique qui a fait de moi celle qui t'écrit, de loin. Je me sens seule ici, triste parfois, d'être loin de toi et des garçons, je songe au salon, au canapé, au lit, à leurs odeurs de propre et de sueur, aux jouets des enfants qui traînent c'est vrai parfois dans leur chambre, mais que je rangeais juste avant que tu arrives. Je les voudrais tellement près de moi. Je pense à moi, tu vois, au lieu de considérer que ma présence en ce lieu est normale, au lieu d'enfin payer tout ce que je dois. Il faut encore que je me révolte, il faut encore que je m'imagine autre part, dans notre maison, avec les enfants que je ne mérite pas, dans cette vie que j'ai détruite. J'essaie de chasser ces pensées, leur légèreté m'accable, mais je n'y arrive pas, tu comprends, je n'y arrive pas, les toilettes sont si sales ! Je sais : ça devrait me convenir, n'est-ce pas, cette crasse, moi qui ne nettoyais qu'une fois sur deux la lunette, espérant que tu ne le verrais pas – bien sûr tu le voyais toujours, parfois tu décidais de ne pas m'en faire la remarque –, oui, au fond, ça n'est que le résultat de mon incapacité à tenir propre notre foyer, comme si je n'étais pas légitime à fonder un foyer, moi qui n'étais pas même apte à le garder ordonné, à peine à faire des enfants et la cuisine, comme si je l'ouvrais à tous vents, à toutes les saletés, à l'inconnu, à l'étranger, par pure indifférence. Mais ici je m'aperçois que je l'aimais ce foyer vois-tu, et que j'ai été idiote de ne pas plus l'entretenir, parce que ici je n'arrive pas à aller aux toilettes, ni à faire mes besoins, et je n'ai pas trouvé d'autre solution que d'arrêter de manger pour éviter cette dégradation. Je garde, j'ai toujours gardé, mon ventre est large tu sais, et je peux y thésauriser tout ce qui me convient, et qu'est-ce qui me conviendrait mieux que la merde, alors je garde. Parce que cette odeur, je ne peux pas, j'ai envie de vomir, et il n'est pas question que ça sorte par là.

Je suis habituée, toute ma vie j'ai été constipée. Ma mère qui lisait Freud a tout de suite compris que je refusais de donner. De lui donner. Déjà elle avait décelé en moi cette incapacité à offrir, gratuitement, à faire passer l'autre avant moi. Déjà elle savait à qui elle avait affaire. Déjà j'avais commencé à la faire souffrir. Mais rien n'y remédiait, ni médicaments, ni tisane aux plantes, ni huile de ricin, rien ne sortait, j'étais stérile, plus remplie de matière fécale que de matière vivante. Une grosse merde qui gonflait et qui lui faisait honte. Et lorsque j'y allais, finalement aux toilettes, je hurlais de douleur, et très vite j'ai appris à mettre mes doigts dans l'anus pour casser l'étron dur comme la pierre, l'émietter du bout des ongles, jusqu'à ce qu'il se détache lentement du colon et tombe en un gros plouf dans la cuvette. Alors je le regardais flotter, de longues minutes, prête à le remettre à l'intérieur si la bienséance ne m'en avait empêché. Tu vois, je voulais déjà tout garder pour moi. Très vite, ma mère s'en est fichue de mes belles crottes, j'étais seule à m'y intéresser, seule entre mon anus, mon côlon et le spectacle des cuvettes, seule dans la salle de bains, à me laver longuement les mains pour que n'y subsiste aucune odeur, à passer la brosse entre les ongles – parce qu'à la fin je ne prenais plus de gants, je préférais le contact, ça m'aidait à comprendre. Et sur mes doigts se mélangeaient à la merde des traces de sang – j'avais dû m'écorcher avec un ongle mal taillé. Et figure-toi qu'au final j'y prenais du plaisir, j'apprenais mon corps, je le manipulais, j'étais maître vois-tu, je me donnais ce que j'avais refusé à ma mère, parce qu'il n'y a toujours eu que moi, à la maison on m'appelait moi-je. Et toi, toi tu as presque réussi à m'en faire passer l'habitude.

Je l'avais bien au chaud, à mes côtés, si chaud qu'il gelait. Il était aussi froid que mon ventre, mon ventre qui garde d'habitude, parce qu'il doit avoir ce système de réfrigération, froid, froid à l'intérieur, si bien que les larmes ne coulent jamais, congelées avant de sortir. Alors froid et chaud vois-tu, c'est pareil, à un certain degré on brûle, mais à un moindre degré seul le froid conserve, et moi je voulais conserver, et la vie ne conserve pas, elle détruit, elle finit par pourrir, la vie, elle transforme, alors j'ai trouvé ce moyen, sûr, respectueux de sa forme, de mon ventre, c'était le moyen de mon amour, c'était mon amour qui a su se passer de la vie.

Si je m'étais assez aimée, il aurait pu devenir autre, autre que moi, dans le froid il était mon enfant.

Il paraît que je dois écrire.

On attend une vérité, *ma* vérité. Mais quelle autre vérité sinon la mienne pourrais-je bien donner, et la mienne a-t-on dit est monstrueuse. Les gens sont-ils capables d'admettre une vérité monstrueuse ? On a décidé, n'est-ce pas, qu'une vérité devait être raisonnable, ou au moins rationnelle. Mais une vérité n'est jamais raisonnable. Il n'y a de vérité qu'atroce, et la mienne est atroce, et je ne m'en plains pas, la vérité d'un monstre n'est pas moins vérité que les autres, n'est-ce pas ?

Des raisons, je peux en trouver, mais ce ne seront pas de vraies raisons pour ceux qui veulent comprendre. Ce sont des raisons qui n'ont pas forcément un sens, comme celui que certains veulent donner à mes actes, me les volant, pour les expliquer. Si j'avais pu donner un sens, crois-tu que je serais là, crois-tu que je supporterais de devoir me justifier ?

Je ne veux pas de justification. Ni ne souhaite

qu'on me pardonne, ni ne souhaite qu'on m'absolve. Coupable, je le suis depuis le début, dans mes sentiments, et même dans mes rêves. Je ne veux pas échapper à ma responsabilité, la responsabilité des lâches, la responsabilité de ceux qui ne sont pas assez forts pour se déprendre de leurs liens logiques, de leurs liens familiaux et sociaux, du lien que la peur a marqué au sceau de la chair et du désir. De leur décision qui, dès lors, n'en a jamais été une.

Petite, déjà, je savais que j'étais coupable. Cet acte-là, qui vous horrifie tous, n'est que la conséquence de ma culpabilité. Alors il faudrait remonter si loin, mais si loin c'est trop loin et un acte est un acte et la mort est la mort, et la mort des autres est définitive surtout quand on l'a donnée soi-même. Il est mort, n'est-ce pas, mort avec ou sans culpabilité de ma part, mort, parti, rien, anéanti. Comme s'il n'avait jamais existé.

Sauf qu'il a existé.

Mais j'ai envie de te dire que tu es coupable aussi, toi, pour qui j'ai fait cela, parce que tu m'avais conditionnée, avec cette peur dans laquelle je respirais, j'enfantais. La peur que je n'avais plus tandis que je tuais, parce que ce que je tuais, c'était cette peur même. Prends-le comme un gage d'amour, je n'ai jamais su départir l'amour de la peur, je n'aime que ce qui me terrifie, sinon je ne sens pas, ceux que je méprise, c'est ceux qui ne m'inspirent aucune crainte, je ne les vois pas, ils n'existent pas, ils n'entrent pas dans mon champ d'émotion, avant de me pénétrer il faut me terrifier, et je te hais de toute cette terreur que tu m'as infligée, que je me suis infligée à moi-même je veux bien le reconnaître – on ne m'a pas appris à faire autrement, on ne m'a pas appris – ce qui est encore une manière de me dédouaner, et moi, ce que je veux, c'est souffrir jusqu'au bout, c'est souffrir bien à fond, pour expier ce péché qui ne vient que de moi. Je ne souhaite aucune aide.

Alors l'écriture, ce que je m'en balance.

Ce qui me manque. Entendre tes clefs dans l'escalier. Je reconnaissais leur musique comme les chats, dès que tu ouvrais la porte cochère, je savais que c'était toi, ton doigté, ton trousseau lourd, clinquant, et mon cœur se serrait, de plaisir, non, de soulagement. C'était toi. Bien sûr, dès que tu l'ouvrais, la porte, c'est l'angoisse qui prenait la place. Je savais que tu allais repérer les enveloppes sur la table basse – alors que tu m'avais dit *mille fois* que si tu les revoyais là une fois encore, tu jetterais le courrier avant même qu'on l'ouvre, et j'aurais beau te dire, mais c'est le tien, tu aurais raison de répondre que c'est de la mauvaise foi, juste de la mauvaise foi, qu'il ne s'agit pas de savoir à qui est adressé le courrier, qu'il s'agit juste de le mettre à sa place, sur ton bureau. Quant aux jouets des enfants, qui traînent encore dans le salon, je sais que j'aurais dû les ranger dans leur chambre, ou eux peut-être à qui je n'apprends jamais rien sinon ma saleté crasse et héréditaire, mon incapacité à tenir en ordre une maison – qui n'est qu'un symbole de l'âme, une maison, et ton âme pue la merde. Et je t'aurais préparé un repas fin, que tu aimes, mais tu serais tellement énervé parce que je n'écoute *jamais* et que rien ne peut rentrer dans ma petite tête de salope, que tu ne voudrais pas y goûter. Alors oui, quand tu passes la porte, le soulagement cesse. Il dure les trois minutes entre la porte cochère et la porte d'entrée, au son de tes pas, quand ils ne font que présager, mais que demeure encore cette maigre espérance – que tu sois de bonne humeur, et que tu m'embrasses, et que tu me dises que je suis belle, même si tu ne m'as pas regardée, juste pour signifier que tu es de bonne humeur. Et là, mon cœur se serre d'une joie si aiguë, que le reste est oublié et que la peur précédente n'en a que plus de valeur. Je me tiens sur mes gardes, bien sûr, parce que tu pourrais voir que j'ai oublié de jeter le steak périmé, mais je n'y pense pas, au steak, j'oublie, avec toi je suis seulement heureuse, et que les enfants dorment déjà, parce que leurs cris me sont soudain d'une lourdeur insupportable quand tu les entends. Je voudrais les faire taire parfois, quand tu rentres du bureau épuisé, mais je reste impuissante, ils sont petits, ne savent pas ce qu'ils font. Bien qu'ils apprennent à le savoir, justement, désormais quand tu arrives, ils mettent la pédale douce je t'assure, sans même que j'aie besoin de le leur demander. C'est le respect que tu imposes, ils t'aiment, comme moi je t'aime et la maison n'est plus la même à ton retour. Nous t'attendons vois-tu, à la limite de l'hystérie, tu arrives et nous sommes calmes, voilà l'effet que tu nous fais, nous nous calmons immédiatement, et je t'admire pour cela, car moi, je n'aurais jamais réussi à les éduquer ainsi tes enfants, à les rendre si dociles, si obéissants, et je suis fière d'eux lorsqu'ils descendent pour te souhaiter bonsoir et que tu les regardes, et puis que tu souris, bien que tu ne souries pas toujours, mais lorsque tu souris, soudain – on ne sait jamais quand, le plaisir n'en est que plus intense – la pièce s'illumine et la soirée est gagnée. Même s'il faut encore attendre le coucher pour en être sûr. Mais c'est ce suspense qui nous tient en éveil n'est-ce pas, qui pimente notre vie, et notre vie a été bien remplie grâce à toi qui nous as rendus hypersensibles et très bien élevés. Et je m'excuse encore de n'avoir pas su tenir ta maison, ton foyer, toi pour qui le foyer était si important je le sais, tu me l'as dit, calmement la première fois, je ne me souviens plus de la première fois parce que déjà j'avais recommencé, tu me l'as expliqué et re-expliqué, le foyer, que tu n'avais pas eu, tes parents t'ayant envoyé tôt en pension, ta réussite dans cette vie, ta revanche sur l'existence, et que je broyais avec tant de persévérance, comme si j'avais voulu te faire du mal, te détruire. Je savais combien tu aimais la maison, alors pourquoi n'ai-je jamais réussi à la garder selon tes goûts, ton sens de l'ordre, tu croyais que c'était par haine, tu croyais que je ne t'aimais pas assez, et moi je crois que je t'aimais trop, mais que je ne valais pas d'être ta femme. Et tes enfants ne valaient pas d'être tes enfants. Ils étaient gentils, certes, mais bruyants, ce n'est pas leur faute n'est-ce pas, c'est que j'étais mauvaise mère, je ne peux rejeter la responsabilité sur personne d'autre. Loin de moi, ils deviendront de bons garçons, j'en suis sûre.

Le matin, je suis seule, et le soir aussi. Ça ne me dérange pas, j'étais seule avant de te connaître, j'étais seule quand j'étais enfant, ma mère avait compris qu'il ne fallait pas réitérer l'expérience, elle m'a fait fille unique pour me circonscrire.

Et lui, je l'ai aimé encore plus que les autres, parce qu'il était à moi seule, il n'avait pas vocation à devenir tien, tu n'en voulais pas, je ne t'aurais pas imposé ça, d'ailleurs je ne t'aurais jamais rien imposé. Ça ne se dit pas qu'on aime un enfant plus qu'un autre, je sais, c'est mal, mais j'ai fini par accepter que je sentais mal. En réalité non, je ne l'accepte pas, alors je retire, je retire ce que je viens de dire, qui est encore le fait de mon égocentrisme, et si je l'avais aimé pour toi, suffisamment je veux dire, il ne se serait pas même implanté là, dans mon ventre, chaud mais pourri, mon ventre qui garde ses excréments et ses enfants. Et toi aussi, quand tu y étais dans mon ventre, j'étais alors en sécurité, tu étais tendre et doux, comme aux premiers jours, tu étais toi, départi de ta colère légitime, départi de tes angoisses, je te sentais libéré et heureux, et je savais qu'il s'agissait là du pouvoir de mon ventre.

Je voudrais les voir, s'il te plaît, je voudrais tellement les voir, même si je comprends que tu ne souhaites pas venir, ni les amener, ni plus jamais leur parler de moi et leur faire passer de la bouche une bonne fois pour toutes le mot de maman, leur frotter la langue avec du savon s'ils s'aventurent à le faire, les bâillonner pendant leur sommeil parce qu'il est agité, et que ce mot je l'entends d'ici, quand ils ont mal au ventre et qu'ils font des cauchemars, je les entends d'ici qui m'appellent pour que je les berce et les soigne et leur fasse un câlin afin de les rendormir, et bientôt je ne les entendrai plus car tu sauras les raisonner, raisonner leurs rêves et leurs cauchemars, leur apprendre à ne plus te réveiller la nuit, parce que s'il n'y a personne qui soit suffisamment stupide pour se lever et les prendre dans ses bras – des enfants gâtés déjà, j'étais en train de te fabriquer –, ils comprendront bien que la nuit on dort, et qu'ils ont passé l'âge des caprices. Tu leur montreras qu'aimer une maman meurtrière est une erreur, qu'aimer est parfois une erreur, et que c'est entièrement ma faute si je leur ai mis ce sentiment dans la chair, pas dans le cœur non, c'est seulement un réflexe de petit animal, ma faute quand même de les avoir dressés comme ça, avec cette demande dans la bouche ouverte comme des becs de poussin qui attendent la becquée, comme des bouches de poisson béantes et stupides. Des animaux, tu disais, ce sont des animaux tes fils, mais tu les éduqueras comme des hommes, parce que être père est ta plus grande fierté et que je ne suis plus là pour m'interposer et en faire des mauviettes.

Quand même, je voudrais les voir, juste une fois, pour leur expliquer, me faire pardonner d'eux, les exhorter à t'obéir.

Chair à papier, chair à canon. Je me suis levée à cinq heures ce matin. Il ne faisait pas encore jour, j'ai cru entendre Lucien pleurer, j'étais aux aguets. Une fois réveillée, je l'entendais encore. Mais il y avait cette porte, ces murs, ces rues, ces quartiers et ce périphérique qui nous séparent, qui me séparent de vous, du reste, de la vie. Il y a cette absence de silence dans l'absence de bruit, où viennent se loger leurs cris, confondus, et ton léger sifflement quand tu dors. Souvent je m'éveillais à cinq heures du matin, bien avant toi, juste pour te regarder, étudier tes traits reposés, oubliés dans ton sommeil, des traits détachés de toi-même si bien qu'au bout d'un moment j'avais peur, peur de te voir étranger à toi-même, comme mort. Un masque, auquel je n'avais plus accès, un masque doux et lointain.

J'ai fait ma toilette, me suis habillée, et j'ai cherché le Frigidaire, je voulais absolument leur préparer le petit déjeuner tu comprends, qu'ils ne soient pas en retard à l'école, que la table soit débarrassée avant que tu te lèves, que j'aie le temps de te presser un jus d'orange et de faire cuire ton œuf, et surtout qu'il ne soit pas dur, sans quoi je serais bonne à en faire cuire un autre. Mais la cellule est nue. Il n'y a pas de Frigidaire, pas de lait demi-écrémé, pas de cacao pas de beurre même pas de confiture, pas de miettes, pas de table, pas de serviette et pas d'enfant. Il faut faire comme si n'est-ce pas, ne pas perdre l'habitude, rester maître de soi et accomplir les rituels, c'est important les rituels. J'ai mis la nappe sur mon lit, une serviette presque blanche, j'ai rouspété intérieurement qu'elle était tachée, tu n'aurais pas aimé ça qu'on déjeune sur une nappe tachée, mais je me suis dit que je la donnerais à laver, qu'ils allaient m'entendre, ils me prennent pour qui ! Pour toi je me dois d'être propre, manger proprement, garder les apparences. J'ai fait les voix de Lucien et Gustave, la tienne je n'ai pas osé, pas encore, tu aurais trouvé ça déplacé. Ils m'ont raconté des histoires de cour de récréation, je les écoutais d'une oreille, l'autre aux aguets, au cas où tu te lèverais plus tôt ce matin, et voudrais ton œuf à la sortie de la douche, mais tu ne t'es pas réveillé, alors nous avons joué un peu plus longtemps que d'habitude tous les trois, j'ai étouffé nos fous rires, d'abord en les serrant contre moi, puis en leur mettant la main sur la bouche parce qu'ils ne voulaient pas s'arrêter. Ça devenait dangereux, je leur ai expliqué mille fois n'est-ce pas qu'il ne fallait pas te réveiller, mais les enfants ! De la mauvaise graine dirais-tu, et on sait d'où ça vient. Au bout d'un moment, j'en ai eu assez, je les ai renvoyés et suis restée seule, face au mur, que je me suis contrainte à fixer pour chasser toute mauvaise pensée, pour faire le vide en moi, le blanc, comme le mur, rigide et blanc, et sale aussi, et je me suis cogné la tête, là, ça a fait du bien, d'un coup j'étais vraiment vide, réduite à ma seule vérité, l'animal en moi. Et puis j'ai attendu, qu'on serve le petit déjeuner, juste pour le plaisir de ne pas le manger, d'émietter le pain, d'en faire des boulettes et de les ranger côte à côte dans l'assiette, jusqu'à ce que je les aplatisse d'un mouvement brusque et en fasse une bouillie, mélangée à un peu de salive, on aurait dit du porridge. C'était juste pour avoir avec moi un peu de la présence de Lucien. Ça n'avait pas exactement la texture mais, de loin, on aurait pu croire. Il est parti avec l'assiette.

Et Lucien a dû se réveiller tout seul, préparer son petit déjeuner, te préparer le tien aussi, puisque je ne suis plus là, il sait ce qu'il doit faire, c'est un bon garçon. Il a appris à se taire lorsque tu rentres, à dire bonjour papa en t'embrassant sur le front, il a appris à aimer la main amicale que tu poses sur son épaule, à guetter ton sourire, il a appris à faire taire son frère, à laver ses draps s'il a fait pipi au lit, sans que tu le voies, c'est une faute, je sais, il te ment d'une certaine manière, mais c'est pour te faire plaisir, je t'assure, et peut-être que lui non plus ne supporte plus cette saleté, qu'il a hérité cela de toi, qu'il veut te ressembler. Ce n'est pas un enfant qui pleure, Lucien, déjà un petit homme, et les câlins que je lui faisais en cachette, il peut s'en passer désormais, parce que ces câlins n'étaient pas bons, puisqu'ils étaient faits en cachette, et par moi, sa mère – indigne. Mais indigne, il ne l'est pas, lui, n'est-ce pas, nous n'aurons pas passé suffisamment de temps ensemble. Si j'avais été plus généreuse je les aurais rendus plus forts. Mes indulgences n'étaient qu'une manière de les garder pour moi, de me faire aimer d'eux, contre toi sans doute – ce que tu me reprochais, de les éloigner de toi, d'en faire tes ennemis. Je n'ai jamais voulu cela, sois-en sûr, mais on ne sait pas ce qui se passe dans l'inconscient, ou plutôt, toi, tu le sais, tu l'as débusqué bien assez vite, sauvant mes enfants de mon influence néfaste, parce que tu as toujours su lire en moi, en nous, et j'ai admiré cette faculté que tu avais de me percer à jour – comme ma mère, à qui je ne pouvais rien cacher, ni mes mauvaises pensées, ni mes envies secrètes, souvent vicieuses. Oui, ça elle le voyait le vice, comme si elle avait un sixième sens, et plus elle le voyait, plus j'en avais des pensées vicieuses, comme pour l'enrager – je n'étais pas une enfant sage. Si je me touchais, je sentais juste après sa présence attristée, son regard sur moi, déçu, toujours déçu, mais je n'ai jamais résisté à mes pulsions, du moins pas avant de te rencontrer, et que tu m'aides à les éliminer, les unes après les autres. Et puis, elles ont repris le dessus. Elles ont grossi dans mon ventre. Alors je les ai tuées.

J'aurais dû me tuer moi-même, on éradique le mal à sa source. Je l'ai voulu, aimé, en moi, comme la résurgence de cet ego que j'avais su tenir à distance, il était là, incarné, en chair, en chair, j'ai dû le supprimer, tu comprends, je n'avais d'autre choix que de supprimer mon excroissance, même si tu as raison, c'est moi que j'aurais dû supprimer. Je n'ai pas réussi à m'atteindre, à me faire du mal, à prendre ces pilules qui vous auraient délivrés, je n'ai pas réussi parce que je suis lâche et faible, et que mon amour propre a pris les dimensions de la folie. Et si tu l'avais vue, cette folie, tu l'aurais canalisée pendant un temps, mais tu n'aurais rien pu faire pour lui tordre le cou, et il aurait fallu me le tordre à moi – mais je te demande toujours de faire les choses à ma place, je sais, j'ai longtemps trop compté sur toi. Tu pouvais m'aider mais pas me sauver, tu n'étais pas mon père n'est-ce pas, c'est ce que tu répétais, tu n'es pas mon père.

J'ai arrêté de me nourrir, pour me débarrasser du mal que mon corps peut faire. Trop de cellules y vivent encore, s'y développent, et c'est une injustice. Je voudrais que mon ventre se creuse, que d'antre il devienne mur lisse où rien ne s'accroche, mur de prison, mur en ruine, que je devienne ma cellule puisqu'elle n'est pas assez petite pour me contenir et contenir mon ignominie. Je sens mauvais, j'évite le miroir, j'y verrais trop celle que tu as eue sous les yeux pendant toutes ces années, ça me rappellerait ton calvaire, et comme je voudrais faire quelque chose pour toi, même si je sais que c'est impossible, la seule chose que je t'aie jamais faite, c'est du mal. Mes enfants eux-mêmes je les ai transformés en malheur pour toi, en poids, en rappel douloureux de mes entrailles, de mes organes, de mon sang menstruel, de mes pertes blanches, de mes vomissures, de ma chair. Chair de papier, chair à canon.

J'écris sur le mur, chienne, salope, putain, connasse, vieille vache à traire, pourriture, pour me rappeler qui je suis. Tu ne me verras jamais infidèle.

J'essaie de me faire la plus laide possible. Oh je n'ai pas la prétention d'avoir jamais été belle, mais je veux ressembler à ce que je suis intérieurement, et dégoûter les autres, vieillir vite, et mourir peut-être, si tu venais un jour, sans doute ferais-je une grande toilette, mais je veux pour toi la plus grande transparence et qu'enfin mon âme se lise sur mon visage, moi la menteuse, la cachottière, moi et mes sourires effacés, mes moues timides, et toute cette laideur en moi, que je dissimulais si bien, et que seul toi devinais. Toi et ma mère, les deux seuls êtres que j'ai aimés, qui m'ont aimée s'ils l'ont pu, si je leur ai laissé la place, qui m'ont aimée parce que leur cœur était plus grand que ma misère, parce qu'ils était capables de grandeur et que ma petitesse pouvait s'y blottir. Mes enfants aussi m'ont aimée comme je les aime, mais c'est autre chose, un lien différent qui se passe de compréhension, empêtré dans des instincts nocifs, que tu déferas en le leur expliquant. Ils m'ont aimée parce qu'ils n'ont connu que moi, et il te faudra du courage pour leur apprendre la vie, la vraie, celle qui parfois sourit, où la pureté a encore droit de cité. Tu leur restitueras la pureté, mais laisse-les encore, juste quelques mois, se souvenir de moi. Je ne te demanderai rien d'autre. Je n'ai aucune légitimité pour cela, et tu feras ce que tu voudras, mais attends avant de me faire oublier, attends avant de leur dire qui je suis. Laisse-leur les peluches que je leur ai offertes, elles ne sont pas entachées, et les crayons, et les habits, ne brûle pas tout je t'en prie, pas encore, qu'ils gardent mon odeur, ne serait-ce que pour la rejeter plus tard, attends encore un peu.

Et je répondrai à ta question.

Je me souviens de toi quand nous nous sommes rencontrés, tu étais si beau, et je n'ai jamais compris pourquoi tu m'avais choisie moi, ni belle ni laide, charmante peut-être, sémillante, disaient certains – à l'époque. Notre vie avant les enfants. Notre vie d'amants. Car nous avons été amants.

Pendant un mois tu m'as emmenée au restaurant presque chaque soir, nous ne savions pas alors ce que c'était qu'être chez soi, à deux assis à une table, et l'écho de nos voix. J'avais envie de connaître cette intimité-là, j'en avais peur aussi, tout comme toi, mais je ne détestais pas cette vie en plus, cette vie entre parenthèses, où chaque heure est festive, glorifiée, en attente du quotidien, en avant et en dehors, mais du quotidien quand même : nos restaurants devenaient des habitudes, des adresses partagées et intimes. Nous avions toujours quelque chose à nous dire – c'est ce que je redoutais par-dessus tout au début, rester silencieuse et toi me jugeant –, ou plutôt tu avais toujours quelque chose à raconter, un livre, un auteur un peu caractériel, une transaction délicate. Avec quelle maîtrise et quel humour tu parlais de toi ! Tu puisais tes réserves dans mon admiration. Au bout d'un certain temps, tu m'as invitée chez toi. Découvrir tes meubles et l'odeur de tes placards, ta cuisine de célibataire, ton désordre – oui, ton désordre, même si une femme de ménage passait deux fois par semaine, il t'arrivait de laisser traîner tes affaires, une tasse de café dans l'évier. Tu n'étais pas souvent chez toi et te souciais peu de cet appartement déserté qui respirait le vide de l'homme seul et affairé – utilité, efficacité, commodité.

La première fois que je suis entrée, c'était après un dîner, nous avions bu – ça m'aidait à surmonter mon anxiété, celle de ne pas te plaire, de te décevoir, de dévoiler l'imposture de ce couple, toi brillant, moi gauche, j'ai monté les marches solennellement, fixant dans mon esprit chaque geste que je faisais, le gravant déjà comme un souvenir à venir, lui accordant l'importance qu'il prendrait plus tard, consciente de l'intensité du moment, mais une intensité trop grande pour que je la circonscrive au seul présent, aussi thésaurisais-je déjà pour l'avenir.

Tu as ouvert la porte et m'as précédée dans l'entrée. Moins cérémonieux qu'au restaurant, mais c'était sans doute normal, tu étais déjà un peu fatigué, c'était chez toi et chez soi les habitudes vous attendent comme les objets, le décor est trop familier pour qu'on fasse l'effort de le voir. Poliment tu m'as indiqué la salle de bains, et je fus terrorisée par cet air de sérieux soudain, sur ton visage, et une imperceptible lassitude, mais aussitôt je me suis dit que tu devais être bien épuisé de ces journées harassantes, que m'inviter un soir de semaine était de ta part une marque de confiance, tout comme ton relâchement soudain, et je t'ai su gré de ce relâchement même si j'en éprouvais de la culpabilité. J'ai voulu me faire toute petite, ne pas gêner, mais à vrai dire je ne savais comment m'occuper dans cette salle de bains, me laver les mains, le visage, faire pipi en laissant couler le robinet pour que tu n'entendes pas, et après ? Attendais-tu que je me déshabille, étais-tu déjà dans ta chambre, peut-être même dans ton lit ? J'ai écouté derrière la porte, mais ne savais interpréter les bruits. Si je sortais entièrement nue, tu allais me trouver impudente, si je restais habillée, tu allais t'impatienter, et je sentais remonter le complexe de petite provinciale, la cul-serré, l'empotée. Ce fut mon premier compromis, j'enlevai un pull.

Quand je sortis, tu étais en effet déjà dans ta chambre, en caleçon et, me voyant si empêtrée, tu t'es mis à rire, il a suffi de ça pour détendre l'atmosphère. Tu m'as attirée à toi, j'étais raide, tu m'as déshabillée avec une certaine vigueur, ce qui me plaisait – ou pas, qu'en sais-je ? –, mais j'étais bien incapable d'accomplir le moindre geste par moi-même. Puis tu m'as couchée et tu m'as baisée, il n'y a pas d'autre mot, tu m'as baisée, vite, bien, avec une certaine violence. Je n'ai pas eu le temps d'aimer ça, mais après, oui, après, tout contre toi dans ce lit tandis que tu t'étais endormi, j'ai repensé à chaque instant de cette étreinte, et je les ai aimés ces instants, avais-je le choix, c'est le choix que j'ai fait. De les aimer et de continuer ma vie en leur donnant un sens, et ce sens c'était de vivre avec toi, de te donner du plaisir, de trouver mon plaisir en te le donnant. J'étais transportée d'avoir vécu cette nuit avec toi un homme si beau si bien si intelligent, et si je n'avais pas vraiment joui, c'était uniquement la faute de ma stupide timidité, de ma pudibonderie, de mon angoisse de déplaire, comme si ne pas prendre de plaisir c'était t'en offrir davantage, comme si le plaisir ne pouvait être partagé à moins d'être divisé par deux. Je craignais que tu ne m'en veuilles, mais tu t'es endormi aussitôt, éreinté, et le matin tu ne m'en as pas touché mot, tu es parti très vite, après avoir fait ta toilette, nous n'avons pas petit-déjeuné ensemble, j'ai eu peur que tu ne t'en ailles sans un mot, ce que j'aurais mis la journée à interpréter de mille manières – mais tu m'as seulement dit à ce soir, et à cet instant j'ai su que je resterais avec toi le temps que tu déciderais.

Même si je commençais à soupçonner quelques

traits de ton caractère qui m'avaient jusqu'alors échappé, et que j'imputais aussitôt à des deuils enfantins, à des traumatismes anciens. Tu étais toi aussi quelqu'un qui souffre, quelqu'un qui se défend contre les attaques du monde et des autres, et j'avais vocation à tout te pardonner – c'est une ironie de dire ça aujourd'hui, quand c'est à toi de me pardonner l'impardonnable. Je savais que je mériterais ta dureté. Que j'en avais besoin pour me tenir. En somme, nous étions faits l'un pour l'autre. Cette pensée m'avait inexplicablement soulagée, inexplicablement, puisqu'elle ne venait que de moi et que rien d'extérieur n'était venu la garantir, ni même une de tes remarques la cautionner.

Tu m'avais dit à ce soir, mais je n'avais pas osé demander à quelle heure, et où, et est-ce qu'on s'appelle, si bien que j'ai passé la journée à attendre un signe de toi, me demandant si ce n'était pas à moi de prendre l'initiative, mais tu sais aussi bien que moi que depuis le début je n'ai *jamais* pris d'initiative – sinon une, fatale. Et tu savais aussi bien que moi que c'était toi qui te manifesterais. Peut-être même aurais-tu pu être contrarié qu'on échange les rôles, et que je prenne mon courage à deux mains pour composer ton numéro de téléphone, parlant à ta secrétaire qui n'avait sans doute pas à être au courant ou te dérangeant en plein rendez-vous. Tu m'as donc appelée vers huit heures et demie, alors que j'avais déjà renoncé à ton coup de fil, huit heures et demie, et une journée à attendre, je m'étais secrètement dit, tu aurais pu appeler plus tôt, ne seraitce que pour me fixer une heure de rendez-vous, même tardive, même nocturne, ou même pour annuler, mais c'était déjà une pensée contre toi, et j'ai appris à les combattre, ces pensées, non seulement parce que je les savais nocives, mais aussi parce que tu avais un don pour les déceler. Tu m'as proposé de te rejoindre dans l'un de nos restaurants, je n'ai pas eu le temps de me changer, de me préparer pour toi, j'ai accouru, transpirante, tandis que tu parlais dans ton téléphone portable assis au bar, devant un whisky glacé. Tu avais un ton enjoué, ce qui m'a incitée à la bonne humeur moi qui l'avais maussade d'avoir trop attendu, mais quand tu as raccroché je t'ai senti absent, ce qui ne nous a pas empêchés de réitérer la nuit de la veille. Mais, déjà, il me semblait que je t'avais perdu.

Et puis. Plus nous nous voyions, moins tu étais là. Je me suis mise alors à te chercher, à essayer de retrouver celui que tu avais laissé apparaître en de rares éclaircies et surtout au début. Mais plus je te cherchais, plus tu me fuyais, et plus tu me fuyais, plus tu me parlais emménagement, organisation, calendrier. Je me jetais à corps perdu dans l'espoir de te gagner.

J'ai tout le temps de me souvenir des jours heureux. Notre rencontre. Un cocktail d'éditeurs. Je travaillais alors pour une petite maison d'édition dont les principaux livres étaient étrangers. Je me chargeais des traductions et des quatrièmes de couverture. Tu avais lu certains des ouvrages que nous avions édités, et cette manière de me parler de ma langue, de mon écriture qui n'était que celle d'un autre, mais différée, adaptée à nos expressions et à nos façons de voir... Tu m'as demandé pourquoi je n'écrivais pas. Tu n'étais pas le premier à me poser cette question, pour me flatter sans doute, tu pouvais facilement deviner que c'était là mon désir secret puisque c'est celui de la plupart des gens. Mais, dans ta voix, il y avait toute la conviction d'un homme de lettres qui me laissait croire que j'aurais du talent. Et j'y ai cru – parce que j'ai cru en toi.

Les femmes étaient belles, attachées de presse en robe haute couture, assistantes d'édition aux cheveux tirés, brushés. J'avais mis la tenue la plus élégante que je possédais, un pantalon noir et un chemisier. Ni maquillage ni fioriture – non que je les méprise, je ne savais pas faire, je ne connaissais pas les adresses, je me montrais à nu non par amour de la transparence, mais par la maladresse provinciale qui jamais ne m'a quittée et avait instillé le doute depuis l'enfance, le doute du miroir, le doute du bon goût. Alors de te voir t'approcher de moi, toi l'homme au goût reconnu, aussi bien littéraire que vestimentaire, j'en ai tout de suite éprouvé une gêne à la hauteur de mon excitation. Mon conte de fées se réalisait là, au milieu du gratin de ma profession, aurais-je pu y résister ?

Je croyais être plus forte que mon ambition et mes coquetteries, me targuant d'y arriver sans l'aide de ces défauts qui vous sont des béquilles au début d'une vie sociale. Je me croyais plus pure que tous ceux-là que je côtoyais et que je me permettais ainsi de mépriser légèrement.

Mais tu m'as élue.

Si je restais sceptique devant ton évident numéro de séduction, au fond de moi je savais que je le méritais, que j'y succomberais, et que tel était mon destin, romanesque et unique.

Je sais que la vérité est retorse, mais je te la dois pourtant, entière et en deçà des tours de ma raison. Retrouver mes sentiments un à un pour comprendre et t'avouer que, oui, tu avais raison depuis le début. Je n'étais pas cette pauvre petite fille effarouchée et timide, lorsque tu m'as connue, le monstre devait se tapir quelque part, j'étais fière de moi et il n'y avait pas de quoi.

Je t'ai sans doute un peu dépaysé, je ne paraissais pas comme les autres, j'étais maladroite et timide, tu pensais peut-être que tu pourrais me faire, me modeler, et je n'ai rien contre cet instinct de pygmalion qui habite tant d'hommes. Au contraire, j'ai éprouvé du plaisir à me laisser construire, transformer et, si mes résistances ont finalement été l'obstacle à ton chef-d'œuvre, tu étais parvenu à un résultat convaincant. J'ai tout fait échouer. Tu dirais sans doute que c'était pour te nuire, mais je ne peux l'accepter. Je ne peux accepter l'idée d'avoir fait quoi que ce soit pour te nuire. C'est par amour que je suis devenue cette femme-là, que j'ai élevé tes enfants comme tu l'entendais, que je tâchais de tenir une maison ordonnée. Mais c'était oublier mon propre poids, la passivité de ma matière, de mon corps, de mon être, cette force de gravitation qui entraîne tout vers le bas. C'était oublier qui j'étais, d'où je venais, quelle petite fille j'avais été, pesante déjà pour les autres et pour moi-même, obstacle déjà à la carrière de ma mère et à son repos. Épine dans son pied, j'avais enrayé son mécanisme à être heureuse. Tu ne pouvais pas le deviner, c'est sûr, combien malgré moi je résisterais à tes plans. Tu pensais me lester de mes propres pierres, lourdeurs et mauvaises manières. Tu t'es confronté à plus fort que toi, non pas moi, qui suis lâche et molle, mais moi malgré moi, ce moi auquel je ne peux rien, cet ego et cet égoïsme qui me sont comme une malédiction – mais c'est encore rejeter la faute sur le destin –, cet égoïsme dont je n'ai jamais su, voulu me débarrasser, parce que au fond cette noirceur devait me plaire, la fange était mon élément, et m'en sortir n'était pas jouable. Avec quel angélisme tu as essayé de me sauver, avec quelle obstination je m'y suis opposée. Et ne crois pas que cela fut contre toi, j'étais la seule cible de mes impossibilités, de mes incompétences et de ma complaisance à ne pas avancer. Tu me dirais que c'est encore une manière de ne penser qu'à moi, que si j'avais su dépasser ce point de vue subjectif, prisonnier de mes limites, de ma paresse, ou de ma volonté à ne pas y arriver, j'aurais pu te rejoindre et t'aimer, et alors, alors, j'aurais été celle que tu désirais.

Mais pouvais-je me conformer à ta vision, qui était trop haute, bien au-dessus de moi, pouvais-je accéder à cette perfection que tu voulais pour nous ? Comment devenir ton regard quand je n'étais que moi-même ? Ton idéal m'est devenu un poids, une souffrance, je mesurais chaque jour l'écart et m'enfonçais dans une spirale où l'abîme était celui d'un miroir qui, réfléchissant, se noircit à mesure. Je m'aimais de moins en moins, et tu aurais eu raison de me faire remarquer que ce désamour était le stade ultime de l'amour-propre, de l'obsession de soi, que le doute n'était qu'une manière de m'enfermer en moi-même et d'aliéner mon regard à l'intérieur, toujours et seulement à l'intérieur. Même si je m'en arrachais pour essayer de te comprendre et de te plaire, même si j'ai essayé, combien j'ai essayé, de ressembler à celle que toi tu voulais voir. Sans doute n'étais-je pas assez clairvoyante et mes erreurs ont été nombreuses qui prouvent que je n'ai pas saisi ce que tu attendais de moi. Je croyais deviner tes attentes, mais c'était encore une manière de me projeter, de mettre en marche cette impossible et criminelle empathie qui est le lot des égoïstes, ceux pour qui l'altérité n'est pas. J'osais imaginer ton désir, pour mieux me lover en toi, et pour finir rester enfermée en moi. Mais alors comment en sortir ?

À la fin, je te faisais choisir : cette robe ou celle-ci, ce rouge à lèvres (j'avais appris entre-temps à me maquiller un peu) ou celui-là ? Je pensais échapper à la faute, mais c'était encore une illusion de lâche. Ce qui t'aurait plu, c'est que je choisisse moi-même le rouge à lèvres qui serait à ton goût, la robe qui te siérait, c'est que je sache avec certitude comment te plaire, sans te le demander. Tu me renvoyais à ma garde-robe, je m'en fiche, disais-tu, habille-toi comme tu voudras. Et je revenais avec la robe rouge, que tu toisais en une seconde : celle-là, mais elle te va comme un sac ! Pourtant, le mois précédent, tu l'avais bien aimée.

Alors je changeais, mais la noire n'était pas non plus à ton goût, et tu me disais, las, laisse tomber, on ne va pas en faire une affaire si tu ne veux pas me faire plaisir, le problème est structurel, pas conjoncturel. Si tu voulais vraiment me plaire, tu saurais quoi mettre, alors enfile ce truc immonde et qu'on n'en parle plus. Tu étais blessé, je le voyais bien, mais comment réparer la faute une fois qu'elle était commise. Changer encore une fois n'aurait rien arrangé. Et si lors du dîner un convive me trouvait en beauté, tu haussais les épaules et gardais pour le chemin du retour : Qu'est-ce que tu lui as encore raconté pour l'embobiner celui-là ? Tu lui as laissé ton numéro de portable ou quoi ? Arrête de te comporter comme une pute en société, il en va de ma réputation. Je n'avais rien à ajouter, démentir était inutile, je n'avais rien fait, mais petite, déjà, je portais le vice en moi, j'attirais des compliments déplacés – déplacés puisqu'ils n'avaient pas l'heur de plaire à ma mère, elle qui aurait pourtant voulu que tout le monde m'admire. Mais on ne m'admirait jamais comme il faut. Je sais aussi que tu étais vexé qu'un autre ait pu aimer la robe que tu avais critiquée, peut-être même te sentais-tu un peu humilié vis-à-vis de moi, et je te pardonnais volontiers parce que la susceptibilité est bien un travers masculin, et tu étais mon homme, mon homme susceptible, alors je prenais sur moi pour ne pas te vexer encore plus, pour que tu oublies l'affront. Mais si l'on ne me faisait pas de remarque, toi en revanche tu remarquais, dans la voiture du retour : quel succès ta robe, je ne t'avais pas dit de mettre autre chose ?

Bien sûr, c'était plus tard tout ça, bien plus tard que notre première rencontre, au début je te plaisais avec n'importe quelle robe, tu n'avais pas encore eu tes ennuis financiers, et tes angoisses étaient rangées dans un coin, jamais elles ne débordaient. Je savais bien que tes petites méchancetés étaient à mettre au compte de tes soucis, qu'elles n'exprimaient que ton mal-être, et j'avais alors envie de te prendre contre moi, même si je m'en gardais bien, tu l'aurais sûrement mal pris. J'attendais que tu oublies, que tu redeviennes toi-même, et il me suffisait d'un sourire pour que l'ardoise soit effacée.

Il est trop tard aujourd'hui pour te rassurer. Personne d'autre ici que des femmes inconnues – et des livres – ne pourrait te rendre jaloux – si tu m'aimais encore. Plus aucun homme, aucun ami d'enfance, aucun collègue, aucun auteur, aucun éditeur, personne qui puisse appeler à l'heure du dîner, ce qui gâcherait inévitablement ta soirée, et nous en discutions des heures, moi essayant de te convaincre du peu d'importance que j'accorde à ce type, toi m'expliquant qu'on n'appelle pas à l'heure du dîner impunément, que j'ai bien dû laisser la porte ouverte à un tel manque de tact, ou d'éducation, ou de sensibilité, à une telle grossièreté. Et moi t'assurant que je n'ai jamais rien permis, mais toi me démontrant que jamais aucune femme ne t'appelle à cette heure, parce qu'elle sait que tu dînes avec la tienne, de femme, et que c'est sacré, et moi acquiesçant, désemparée, parce qu'il est vrai qu'à part trois ou quatre fois tu les as renvoyées, ces femmes, les rappelant plus tard, ou jamais que sais-je, mais au moins tu ne leur as pas répondu.

Je n'ai jamais su te convaincre de mon innocence. Cette culpabilité que je traîne et qu'il suffit d'un rien pour réactiver, cette culpabilité que tu savais si bien manier, je rougissais à la moindre de tes accusations, sentant au fond de moi leur part de vérité. Bien sûr que j'étais coupable, pas de leur avoir répondu, quoique, pas de les avoir rencontrés un jour, de leur avoir parlé, d'avoir occasionnellement flirté ; mais de ne pas savoir leur dire non quand ils appelaient, comme si tu étais moins important que ma propre capacité à prendre sur moi et à peut-être déplaire, en répondant, désolée, vous me dérangez, je vous rappelle, ou en ne répondant pas tout de suite. C'est plus fort que moi, quand le téléphone sonne je réponds, toujours peur qu'il soit arrivé quelque chose, toujours inquiète et coupable déjà devant l'interlocuteur qui a peut-être quelque chose à me dire d'important, qui ne comprend pas pourquoi je ne réponds pas à l'appel. Peur surtout que ce soit toi :

lorsque tu m'appelais, si le téléphone était trop loin, je te rappelais aussitôt en tremblant, devinant les remarques qui allaient suivre avant même que tu ne les formules : Tu me filtres, c'est juste quand c'est moi que tu ne réponds pas ou t'es seulement bouchée ? Il arrivait, en effet, que je réponde cinq minutes plus tôt à un appel qui ne venait pas de toi, mais que les cinq minutes passées, je donne déjà le bain aux enfants. Lorsque tu rentrais et que tu répertoriais les appels manqués et reçus de mon téléphone portable, tu t'empressais de relever le tri apparent que j'avais effectué : Henri, tu décroches, et moi, je pue de la gueule ? Dès que je commençais à me justifier, je m'embourbais. On ne se justifie que lorsqu'on est coupable. J'étais toujours coupable.

Et je passais ma vie à me justifier.

Ta mère a amené les enfants. Leur visage fermé et la lettre que Lucien m'a tendue. « Maman, on t'aime, mais on peut plus te voir, on doit pas, on doit te dire adieu, sé mieux come ça, au revoir. »

Me lever, préparer le déjeuner, accompagner les enfants à l'école, rentrer lire quelques revues, préparer ton déjeuner les jours où tu rentres, travailler un peu à mes traductions, faire les courses, aller chercher les enfants, donner le bain, préparer leur repas, les faire manger, préparer ton repas, le partager, puis aller se coucher, devant la télévision, espérant peut-être une caresse, faire l'amour, de moins en moins, mais avec la saveur du souvenir, l'espoir que l'accointance de nos deux corps revienne, accointance, est-ce un mot qui t'aurait plu, un mot pudique, un mot technique, un mot abstrait ? Ici je me réveille et rien, pas un enfant pour m'appeler, pas un homme qui a faim, pas une table à débarrasser, pas un article à terminer, pas de baignoire où faire mousser le bain, pas de brosses à dents à laver, à ranger, dans le gobelet bleu, pas de pyjama à plier, pas de lessive à faire, je me sens inutile, sans mes gestes, je ne suis rien, sans mes enfants, je ne suis rien. Les serrer contre moi, une dernière fois, mais j'arrête de supplier, je sais que tu détestes ça. Me traîner à tes pieds ne m'a jamais posé problème, et que tu me trouves minable, haïssable, mais tes pieds ne me dégoûtaient pas, moi, et j'avais besoin de ta clémence parfois, pour eux, qui étaient encore trop petits pour comprendre, même si je n'étais pas à même de les protéger, je te l'accorde. Mais qu'on me rende mes gestes, ils étaient ma structure, ma posture, mon soutien. Avec eux je me tenais droite devant toi. J'étais quelqu'un. Je comptais. Mes efforts. Je comptais, j'étais comptée, et c'était de ta part une gracieuseté que de m'offrir ces notes, ces points qui, s'additionnant, me constituaient peu à peu. Tu n'étais pas obligé.

Bientôt je me couche, et eux, sont-ils déjà dans leurs lits jumeaux ? Les as-tu aussi endormis, as-tu fait appel à ta mère ? Ils ne m'ont pas appelée, n'est-ce pas ? Ils ne m'ont pas appelée, j'espère tant qu'ils ne m'appellent pas, parce qu'il n'y aura personne pour leur répondre. Tu leur as dit, déjà, à quoi ressemblait leur mère ? Tu leur as expliqué qu'il fallait cesser de m'appeler ? Peuvent-ils cesser de m'appeler ? Comme ça ? Eux qui commençaient chaque journée en criant « maman » ? Pardonne-moi de songer encore à cela, d'espérer leur malheur pour que dure le lien, de préférer le lien à leur bonheur. De me préférer à mes enfants, de me préférer à toi.

Je me suis mise à lire, à défaut. J'ai honte de ces petits plaisirs, ne devrais-je pas seulement souffrir, tu dois te demander comment vivre après ça, tout le monde se le demande, je le sais bien, je l'ai vu aux infos, eh bien tu vois, je me mets à lire. Tu n'aimais pas que je te fasse part de mes lectures, du temps perdu, du temps à moi, donc perdu, et les enfants, et la maison, pourquoi gagnerais-tu de l'argent, pour que je passe mes après-midi à lire ? Tu trimais dur pour nous, et je me suis abstenue, longtemps même. Aujourd'hui qu'ai-je à perdre sinon du temps ? Alors je lis, des romans policiers, des bandes dessinées, les contes des frères Grimm, et je préfère te le dire. Ça ne m'amuse pas de me divertir, je n'ai pas besoin de m'amuser pour faire les choses.

Je veux que tu me juges, je veux que tu saches enfin à quel point tu as eu raison de me haïr, combien tu as eu du mérite à me supporter, je veux que ton mérite te soit rendu, je veux que tu sortes indemne de cette histoire.

Certains jours sont plus difficiles que d'autres. Je sais, à la première seconde, que la tristesse aura raison de moi. Je me rappelle alors que j'en suis responsable, mais ça ne la chasse pas. Elle ralentit mes gestes, me laver les dents est vain, faire une promenade est vain. Je ne peux que rester dans mon lit, à écouter le bruit des autres, vain lui aussi – mais c'est ma seule réalité. Pas parce que je suis là, et que je suis obligée de l'entendre ; une réalité plus profonde, une sorte de vérité, un lieu qui me ressemble, le dernier degré de mon existence, le seul qui corresponde à ma nature, un habitacle fait sur mesure, où je peux enfin ne faire de mal qu'à moi-même. Ça me rassure aussi de n'avoir d'autre liberté qu'être là, sur mon lit, sans parler, à attendre que le poids s'allège, à supporter ce poids parce qu'il ne s'allégera pas. Et le reste de ma vie n'a tendu qu'à ces heures, où il n'y a plus rien que moi avec des souvenirs – et c'est déjà trop, moi empêchée d'agir sur le monde, sur les autres, ce moi qui était trop proéminent, et qu'il fallait brider, aujourd'hui relégué à une cellule puante. Tout le reste de ma vie n'a été que le chemin qui me menait là, et je l'ai vécu en attente, en attente de la chute, de ce qui m'arrêterait, de ce qui me recueillerait, le dernier lieu, le tombeau, la certitude enfin qui met fin au sursis. La mort n'aurait pas été plus réelle. Pourquoi ne m'a-t-on pas enfermée plus tôt ? J'ai souvent rêvé, enfant, que l'on m'attache, que l'on m'enferme, que l'on me bâillonne, parce que je n'arrivais pas seule à me taire, à ne pas bouger, à ne pas peser sur les autres, je n'y arrivais pas seule, je n'arrivais pas seule à être obéissante. Qui d'autre mieux que toi le sait ? Combien tu as dû déployer d'efforts pour me tenir, m'éduquer, m'aider, et voilà comment tu es récompensé. Pourquoi n'ai-je jamais été obéissante quand j'attendais de l'obéissance qu'elle me permette de vivre ? J'y ai été rebelle, incapable de canaliser les débordements et les transgressions. Pourtant je te les demandais ces règles, parfois elles n'étaient pas claires parce que tu en changeais sans crier gare, et tu connais mon manque d'adaptation, j'étais toujours en retard d'une règle. Je me voulais esclave mais n'avais pas même les moyens de l'être, et c'est cette injustice que tu payes aujourd'hui et je sais ta colère, pour l'échec qui n'incombe qu'à moi. Tu ne pouvais pas, malgré tes mots, ta force de conviction, ta patience, tu ne pouvais pas apprivoiser le mal en moi, la pulsion à vivre mal, à mal vivre, à faire le mal, à être, à être là. Ma présence me pesait à moi-même, et je pouvais comprendre ton irritation à ne pouvoir la nier, la surmonter, l'amoindrir, je la comprenais si bien qu'elle décuplait mon impuissance, et que j'aurais voulu me faire transparente si la matière de mon corps n'avait été aussi opaque, dense, présente encore, présente. C'est la matière qui était de trop, emprisonnant l'âme, les mots. Ma matière inéluctable, avec ses odeurs, ses besoins, sa masse. Je pensais avoir su réduire ma vie à cette matière et c'était déjà trop, mais comment annuler un corps ? Comment faire qu'il ne soit pas là, alors qu'il parle, qu'il respire, qu'il transpire, qu'il a peur, froid, besoin de chaleur parfois, comment éliminer le désir du corps quand on a déjà tué celui de l'esprit ? Comment le faire disparaître ? À cette équation tu n'as pas trouvé de solution, et je n'ai pas su t'aider.

Aujourd'hui, j'ai des horaires, des gens qui préparent à manger, qui me font sortir, qui signalent la fin de la promenade, et c'est la vie qu'il me faut, sans décision et sans envie, une vie à ma convenance, où je peux laisser aller ma vraie nature parce que je sais qu'elle sera maîtrisée. Et peu importe que ce que je fais soit bien ou mal, que ma manière de prendre l'air plaise ou non, que je reste au lit parce que ça ne gênera plus personne, et personne ne pourra me reprocher d'avoir trop pensé à moi au détriment des autres, d'avoir raté le gigot et oublié d'acheter le vin. N'être plus rien me soulage, n'avoir plus de devoir ni de droit est mon repos, j'essaie aussi de n'avoir plus de désir, ainsi serai-je débarrassée des angoisses, mes erreurs n'ont plus d'espace pour s'épanouir, mes fautes plus de spectateurs pour en pâtir, j'ai été mise à l'abri du monde pour que le monde soit à l'abri de moi. C'est mieux ainsi, et la tristesse n'est qu'un accompagnement, une sauce aigre dans ce plat si maussade, une musique de fond. D'une certaine manière, elle n'existe pas puisque moi seule en suis le réceptacle, et tout ce qui vient s'abîmer en moi perd de sa consistance, tombe dans le néant, le mien, qui est mon affaire, qui doit rester mon affaire, et qui est ma meilleure porte de sortie.

Mais il est encore une chose à accomplir, éradiquer le souvenir de mes garçons, ne plus les laisser entrer dans mon esprit, mes rêves, fermer les oreilles à leur rire cristallin, ne plus imaginer leurs pleurs, la nuit, quand ils ont besoin de moi, rayer le mot de « maman » qui m'écorche les oreilles et le cœur, les oublier, et sans les tuer parce que j'ai compris que c'était une facilité. Une facilité inutile, encore une erreur de ma part. S'ils n'étaient plus, crois-tu qu'ils disparaîtraient de moi ? Crois-tu que je pourrais me débarrasser d'eux comme ça, que leurs cris cesseraient de résonner à mes oreilles, que leur « maman » ne viendrait pas me hanter chaque nuit, chaque jour, que mon corps ne se souviendrait de sa gestation, de leurs coups, que mon ventre oublierait ? Crois-tu que la mort fait cesser l'existence ? Comprends-tu qu'au contraire elle la maintient dans une éternité de la pensée, et que l'amour n'est jamais si bien servi que par elle ?

Oh, je ne me justifie pas. Mais je me dis aujourd'hui que si j'avais cessé de vivre enfant, ma mère m'aurait aimée, et qu'on gagne de l'importance à mourir plutôt que de continuer de vivre, de devenir réelle, de plus en plus réelle, de manger, de déféquer, de faire des colères, d'être là simplement à empêcher les autres de sortir, de s'amuser, de retrouver la légèreté qui les caractérisait, de tomber malade, de les contraindre à vous soigner, d'imposer une présence négative. Si la maladie m'avait emportée à deux ans, j'aurais été le souvenir chéri de ma mère, et j'existerais encore dans des récits, dans des albums, et on pleurerait en parlant de moi, et on souhaiterait que je sois là encore – parce que lorsqu'on est là, encore, personne ne le souhaite plus. Et je ne t'aurais pas rencontré, et ta vie se serait écoulée, sans drame, et tu serais heureux peut-être aujourd'hui, et mes enfants n'appelleraient pas leur mère, et personne d'autre que moi ne serait mort.

C'est encore mes fantaisies de folle, diras-tu. On ne va pas en prison comme ça, il faut bien commettre quelques crimes. Alors quoi, tout ce temps, ces trente-cinq années en attente d'un crime pour que j'arrive enfin là où j'aurais toujours dû être ?

« Maman », le premier mot de Lucien, qui m'a fait devenir, à la seule faveur de sa voix, une mère. Ce mot entre nous soudain, qui nous reliait et nous faisait deux d'un même geste. « Maman », comme un cri de rupture et qui résonne en moi, l'écho indéfini de notre séparation, de sa solitude, mais de notre amour aussi. Le cri qui me faisait mère et qui le faisait enfant. L'appel auquel je ne répondrai plus, auquel déjà j'étais vouée à ne plus répondre, puisqu'à cette requête qu'accorder sinon cette promesse que plus jamais il ne souffrira, que plus jamais il ne connaîtra le deuil, et l'absence, et l'éloignement ? Promesse vaine, qui dit toute l'impuissance d'une mère à n'être qu'une mère sans jamais cesser d'être mère, l'impuissance d'une mère à reconnaître un rôle, et non plus l'absolu de la présence, du là, du avec, du dans, du autour, du même.

Aujourd'hui, sans doute a-t-il compris ce qu'était sa mère : une femme qui n'est pas là, qui ne sera plus là pour le voir grandir et l'accompagner dans son adolescence puis dans sa vie d'adulte, une femme qui a vécu, qui a fauté, bien avant lui, mais dont la faute la marque au sceau de l'infamie, et peut-être vaut-il mieux qu'il ait découvert l'infamie plutôt que de persévérer dans l'illusion ? Ce doit être un grand garçon, un petit homme responsable, un enfant qui n'a plus de mère et qui peut crier « maman » dans le noir – personne ne lui répondra. Et pourtant je l'entends, je ne cesse de l'entendre, je n'entends que lui, moi qui ne suis pas séparée, moi qui ne l'appelle pas, ou mon amour, ou mon bébé, toujours mon, mon, parce que la possession a pris le dessus sur l'amour, parce que l'amour était chez moi possession et voilà où cette erreur m'a menée.

Dehors, l'aurais-je acceptée, sa fuite, son départ vers d'autres mondes, d'autres femmes, des amis, son départ de moi-même ? Ce sont mes enfants, mes enfants. Et malgré cela, lorsque pour la première fois je l'ai entendu dire « maman », et même si j'ai bondi de joie, j'ai songé à ton retour, le soir, fatigué, irrité par ta journée de travail, balançant sur le meuble de l'entrée ta veste que j'irais aussitôt accrocher dans la penderie, espérant, malgré moi, qu'il se taise. Que Lucien se taise, que Lucien ne prononce pas « maman », que Lucien n'avoue pas sa préférence, non il ne s'agissait sans doute pas d'une préférence mais d'un réflexe, d'un réflexe enfantin, qu'il ne te fasse ce camouflet de ne point encore savoir dire « papa ». Cette joie était pour moi, pouvais-je la partager, pouvais-je faire peser sur lui ce choix des syllabes, qui peut-être ne signifiait rien n'est-ce pas, qui peut-être n'était qu'un hasard de la langue. J'en avais fait notre secret, et ma peur l'avait couché avant l'heure, pour que tu ne l'entendes pas. Combien de temps cela allait-il durer, combien de temps pouvais-je museler mon fils, qui ne savait pas, mais qui savait peut-être puisqu'au réveil il n'a rien dit, devant toi déjeunant il n'a rien dit, et quand tu es parti il m'a tendu les bras et dit « maman », et je crois avoir pleuré. Lucien m'avait obéi, Lucien s'était réfréné, Lucien n'avait pas voulu te faire de peine. Lucien n'avait dit ni papa ni maman, Lucien était resté muet en ta présence.

Ce n'est que quelques jours plus tard que tu l'as entendu. Il s'était cogné contre la table basse, et de ses pleurs a émergé le mot. Tu l'as entendu, tu n'as entendu que ça, nous n'avons tous entendu que ça. Une seconde il s'est tu, comme s'il avait su qu'il avait fait une faute. Tu m'as regardée, avec un œil sévère, j'ai baissé la tête. Et tu m'as dit : Bravo, ton fils a appris son premier mot, il faut fêter ça. Quelle idiote j'ai été, de te le cacher, de croire que... Non, tu étais ému, tu voulais fêter ça, le premier mot de ton fils, et je n'avais qu'une obsession, m'excuser. Nous avons sabré le champagne, j'avais envie de rire, de pleurer, j'attendais que tu parles avant de me composer un visage. Tu étais solennel, mais je n'ai pu m'empêcher d'entendre dans ton bravo de l'ironie. Bravo, tu as réussi à monter mon fils contre moi, il ne manquait plus que ça, mais tu as réussi. Bravo. Et ce temps qu'il a mis à dire papa, ces heures que j'ai passées à répéter ces deux syllabes, pour te faire une surprise, mais ça ne rentrait pas, ou il n'osait pas, que sais-je ? On n'y arrivait pas. Au point que tu as fini par t'agacer, qu'est-ce que tu as fait à cet enfant pour qu'il reste dans tes jupes, tu veux en faire un pédé ou quoi, il joue à la dînette, tu crois que c'est un jeu de garçon ? Qu'est-ce que tu vas encore bousiller pour me faire chier, fais gaffe, si tu touches à mon fils je ne te le pardonnerai pas, tout le reste oui, mais pas mon fils. Je savais bien que ça allait finir comme ça. Je n'avais pas si tort, ce premier soir. Tu ne comprenais pas pourquoi ton fils ne t'appelait pas, ne te demandait pas. Alors j'ai fini par mentir, il a dit papa trois fois aujourd'hui, peut-être l'intimides-tu. Avec moi il n'arrête pas de dire « papa », tu lui manques je crois. Tu veux dire que je ne suis pas assez là, est-ce que tu imagines la somme de travail que je dois effectuer pour vous faire vivre, est-ce que tu en as la moindre petite idée ? Non, bien sûr, ce n'est pas ce que je veux dire, mais il t'aime. Parce que tu en doutes. Non, je m'exprime mal, tu sais que je m'exprime mal, mais tu comprends, n'est-ce pas, Lucien est fier que tu travailles comme ça, il t'admire, il est juste si content quand tu rentres ! Et je finissais par t'amadouer, et tu le regardais d'un œil un peu inquiet, mais paternel aussi, et tu le prenais sur tes genoux pour l'embrasser, mais ce gosse se débattait pour retourner jouer, et tu l'envoyais promener en me jetant un regard noir, dans lequel je pouvais lire ce : Bravo, tu as réussi à en faire mon ennemi. Je te répondais : Sois patient, il est petit. – Toujours à l'excuser. – Non je ne veux pas l'excuser, mais c'est un petit garçon, tout le monde trouve qu'il te ressemble et qu'il est merveilleux. – Ça j'en doute pas. Et je continuais de tricher pour que tu l'aimes, ton enfant, pour te le montrer sous un jour de fils modèle, sous le jour que je supposais te plaire, mais mes suppositions tombaient toujours à côté. Et tu me rassurais : Quand il sera plus grand, on pourra parler tous les deux, les bébés tu sais, c'est pas mon truc, alors je passais ma main dans tes cheveux, et malgré ton geste de répulsion, tu finissais par accepter ma caresse, et par fermer les yeux sur toute la violence de ton existence, tes craintes de ne pas être un bon père, tes doutes, tes peines. À cette seconde j'aurais voulu les prendre toutes sur moi, pour les mâcher longtemps, les avaler et les garder, à moi elles n'auraient pas fait de mal parce qu'il y avait la place pour la tristesse, pour ta tristesse, parce qu'il y avait toute la place pour toi, même si Lucien en prenait beaucoup. J'aurais voulu te faire comprendre que Lucien ne prenait pas la tienne, de place, qu'il était en plus, qu'il était à part, qu'il n'y avait pas de comparaison, de compétition, que mon corps lui avait été sacrifié pendant neuf mois puis neuf autres, lourd, peu séduisant, mais qu'il te reviendrait bien vite, même si tu n'en voulais plus. Même si allaiter me procurait plus de plaisir que tes caresses, que tes morsures. Tu l'avais deviné et ça te rendait fou. Peut-être alors es-tu allé voir ailleurs, mais je ne crois pas. Tu aurais dû. Ta rancœur se serait ainsi délestée, mais avais-tu envie que ta rancœur se déleste ?

Voilà, je m'y suis mise, à écrire, à t'écrire – est-ce la même chose ? Plus besoin de l'inventer, mon roman. Tu aurais été bien en peine de le publier. Une chose qui serait venue de toi, mais par ma voix, une impossible chose dont tu aurais été l'instigateur et moi la main, un objet hybride dont nous aurions eu ensemble la paternité, et que je me suis gardée de mettre au jour – l'ombre a toujours été mon élément. Cela t'aurait embarrassé, d'accueillir mes taches d'encre, fautes d'orthographe et autres salissures, tu n'aurais pu les refuser puisque cela t'aurait rappelé à ta première obligation envers moi, cette soirée où tu m'as entraînée dans ta vie. Qui sait, peut-être pourrais-tu faire quelque chose de ces quelques feuillets – un bénéfice contre une perte.

Aujourd'hui je comprends que l'écriture ne sert à rien, qu'elle n'est pas assez forte, qu'elle est le summum de l'impuissance parce qu'elle n'est là que pour racheter, pour se substituer, mais jamais l'écriture ne se substituera à la vie.

J'écris parce qu'il n'y a plus que cela, et je sais que tu le prendras mal, une dernière provocation.

Je ne fais que dormir, la fatigue ne passe pas. J'ai toujours été fatiguée, cherchant dans des manuels de médecine des raisons objectives. Ils ne m'aidaient pas. J'aurais dû me taire plutôt que me lamenter, c'était plus fort que moi. Quand tu te levais, quand tu rentrais, et que tu me demandais encore : Comment ça va. – Ça va, mais je suis fatiguée. – Vraiment ? On ne peut pas dire que tu travailles beaucoup pourtant, tu ne crois pas que c'est plutôt à moi de me plaindre, est-ce que je me plains, est-ce que je te fais part des mes problèmes, de mon épuisement ? – Non, excuse moi, mais je me sens quand même fatiguée. – Le jour où tu penseras moins à toi, où tu t'écouteras moins, ce jour-là, mais tu ne finissais pas.

Ce jour-là, qu'adviendrait-il, deviendrions-nous heureux, formerions-nous une famille parfaite, un couple épanoui ?

Tu étais ami avec notre médecin de famille, et

vous en riiez ensemble. Encore fatiguée ta femme ? Oh ! plus que jamais. Et j'avais honte de cette fatigue, et de ne pas tenir ma langue. Mais comment justifier autrement mon désir de me coucher tôt ? Tu l'aurais pris contre toi, et je tenais le plus longtemps possible, pour te faire la conversation, pour te tenir compagnie. Les soirs où nous sortions, c'est vrai, ma fatigue s'évanouissait, comme par miracle. Aussitôt les interprétations fusaient : Ça t'excite de te montrer à tous ces types, tout à coup plus de coup de barre, hop, on se montre au meilleur de sa forme, il ne manquerait plus que de faire un effort pour son mari. Je n'arrivais pas à me l'expliquer moi-même et finissais par croire que tu avais raison, qu'avec les autres je sortais de moi-même, de ma fatigue, que je devenais même belle, alors qu'avec toi je restais en robe de chambre, mes pyjamas étaient usés, jamais je n'ai acheté de nuisette, je préférais les chaussons aux escarpins qui me faisaient mal aux pieds. Les cernes qui chaque jour s'accumulaient étaient comme une volonté de ma part de te détourner de moi, pouvais-je alors m'étonner de ton mépris, de ton dégoût, n'en étais-je pas la seule responsable ?

Mes enfants l'aimaient bien, cette vieille robe de chambre. Je n'étais donc plus qu'une mère, occasionnellement une femme quand d'autres regards se portaient sur moi – qui te laissaient présager comment je pouvais me comporter en ton absence, dans mes rares rendez-vous de travail, avec des hommes souvent. Tu m'imaginais délurée, quand j'étais l'ombre de celle que tu avais connue. C'était cela ma fidélité, m'éteindre quand tu n'étais pas là. Alors pourquoi, en ta présence seulement, me transformais-je devant les autres ?

Sous l'effet de ton regard ma langue se déliait, j'avais besoin de plaire, de te plaire dans ces décors qui ne nous enfermaient pas, qui ne me renvoyaient pas à mes devoirs, à mes obligations de femme devenue mère au foyer, ou presque. Le diable au corps, j'avais le diable au corps disais-tu, et tu vois, j'ai fini par te donner raison, le diable dans mon corps, étouffé aujourd'hui.

Tu m'observais, dans ces rares soirées, de plus en plus rares, tu gardais l'œil sur moi, et quand tu n'étais pas là, ton œil était encore sur moi. Où le voyais-tu ce diable, moi qui mettais tant d'efforts à le museler, à quel moment de mes actes le voyais-tu surgir, dans l'interstice d'un geste, d'une main tendue vers un verre d'alcool, arrête de boire, tu n'as pas honte, et mes mots qui s'échappaient, hors du contrôle absolu que je croyais encore posséder sur moi. Des mots rebelles, mes pires ennemis, les lapsus, les phrases indépendantes que j'aurais voulu ravaler, pour les garder en moi comme le reste, dans cette poubelle qu'est mon ventre, des mots dans mon ventre, mal digérés, tout ronds encore de n'être pas sortis, de n'avoir pas accouché. Parce que tout ce dont j'accouchais était marqué, accompagné du diable, lui encore, qui riait de moi, de toi, qui riait de nous, ce rire que j'ai toujours entendu, mais étranglé lui aussi par mon ventre, mes organes, qui le voulaient détruire, et au lieu de ça le logeaient comme un hôte d'honneur.

Tu parles trop. Je parlais trop, et puisque je n'avais pas assez honte, comme j'aurais dû, c'est toi qui prenais cette honte sur toi, qui ne voulais pas t'écarter pour savoir ce que j'allais sortir, pour ne pas rater une conversation que j'aurais pu gâcher, pour lire dans le regard des autres l'étonnement, l'amusement, un clown public, qui se montre en spectacle. Mais toi tu ne riais pas, non, et je ne savais comment faire pour m'arrêter, pour disparaître, pour revenir à avant, quand mes paroles avaient encore la spontanéité de l'innocence, délestées du jugement latent qu'elles ne manqueraient pas de produire.

Je ne parlais plus qu'en fonction de ce qu'il me plaisait de croire que tu allais penser, de ce que les autres allaient penser, rares étaient les propos qui émanaient de moi, de mes goûts, de mes opinions. Je les formatais dans l'idée de ce qu'on attendait de moi, ne pas faire de bruit. Et parler sans faire de bruit est devenu un art, qui déjà ne suffisait plus.

Je tourne en rond dans cette cellule, et n'arrive pas à éradiquer l'espérance que cela change, que tu viennes me rendre visite, et que tu amènes les enfants. Alors je fume, ici j'ai le droit, personne ne soigne ses poumons, personne n'a peur des préventions écrites et, si fumer tue, il y a bien d'autres choses qui nous tueront avant. Nul besoin d'aérer la pièce, les enfants n'en respireront pas l'air, la fumée ne se déposera pas sur tes vêtements, dans le vestiaire, sur le linge, mon odeur a cessé de vous importuner, je n'ai plus besoin de mentir, me cacher, mâcher des chewing-gums pour que tu supportes mon haleine toi qui disais des femmes qui fument qu'elles puent, qu'elles ne sont pas féminines, qu'elles te dégoûtent. Je faisais saigner mes gencives, à force de les brosser, le sang et la fumée devinrent mon goût, celui que j'éprouvais en moi-même, ma salive t'était une salissure, que tu ne goûtais qu'occasionnellement, parce que tu ne détestais pas toujours te salir dans l'amour, et que tes répugnances servaient aussi à ton excitation. Sans doute est-ce pour cela que tu m'as gardée, qui d'autre que moi aurait pu t'inspirer une telle répulsion, en qui d'autre aurais-tu voulu t'abîmer, te souiller, je participais activement à ton dégoût de toi-même qui était une manière de plaisir.

Tu ne me reprochais que ce que tu haïssais chez toi, mais tu m'avais choisie pour cela aussi, et je ne pouvais que souscrire à cette haine, contre moi, contre toi, à défaut de te tirer vers le haut, ça non, je n'aurais pas pu, toujours cette matière résistante qui nous enfermait dans une intimité nauséabonde. Excepté les enfants. Que je lavais chaque jour, avec ce savon liquide qui sent le propre et le bébé, et que je respirais comme on respire un parfum. J'enfouissais mon visage dans leurs cheveux, je les humais, les embrassais, les serrais contre moi, si fort qu'ils se dégageaient de l'étreinte, un peu inquiets.

Avais-je déjà peur de les perdre ? Cette panique en moi quand je les laissais à l'école, et le retour solitaire vers la maison où je ne retrouverais que moi, et peut-être la bouteille de sancerre que j'avais cachée dans la cave derrière les cartons de vêtements trop petits. La maison était vide alors, parfois je parlais toute seule pour entendre ma voix, m'assurer que je n'avais pas tout à fait disparu. J'errais de pièce en pièce, me laissant aller à pleurer, me reprenant vite, tentée de téléphoner aux rares amies qui me restaient, mais comment leur expliquer, sans te dénoncer, sans nous dénoncer, nous que je voulais protéger coûte que coûte. Aurais-tu accepté que notre intimité soit ainsi dévoyée dans une conversation de filles, qu'une seule personne fût au courant de notre manière de vivre, de notre façon de nous aimer. Qui aurait pu comprendre, sans juger, sans me condamner ? J'étais tenue au silence, comme un voile sur une vie que j'avais choisie, dont j'étais responsable, et mes enfants remplissaient le reste, aurais-je pu mettre cela en danger ? J'étais une complice, et pas du genre à dénoncer, je nous couvrais tu comprends, je me couvrais, je me suis tue.

Il fait froid dans mes souvenirs. Le soleil de Bourgogne chauffait pourtant les moissons, l'odeur de l'herbe coupée, l'humidité chaude dans laquelle je sommeillais des après-midi entiers, tandis que maman prenait le thé. Oh je pouvais m'éloigner, qui s'en serait soucié, au début je le faisais, je prospectais les alentours, je m'aventurais en forêt, j'avais peur, pas de me perdre mais que personne ne me cherche, les branches qui cassent, les cris d'oiseaux, tout prenait cette dimension obscure que revêtent les feuillages quand ils vous bouchent le ciel. Il y avait la rivière aussi, on m'avait dit de ne pas m'en approcher. Souvent les enfants se noient dans les rivières des petits villages dont on apprend le nom au journal télévisé de treize heures et alors le village acquiert une notoriété lugubre, et l'on entend des voisins renifler, disant qu'ils n'arrivent pas à y croire, que chez eux c'est tranquille, mais quand tu vois leur tête, tu ne peux pas supposer une seconde que chez eux, c'est si tranquille que ça. Ils ont le nez et les yeux des infanticides, ils ont la voix de l'inceste, la moue de l'hypocrisie minable qui cache les forfaits de générations entières, qui dissimule leurs propres origines, leurs sangs mêlés, les coucheries entre cousins, le viol du père et le meurtre de la mère. Alors on m'avait dit de bien faire attention. Je m'imaginais corps flottant sur les eaux glauques de la B..., les cheveux emmêlés d'algues et la bouche pleine de sable, les dents qui crissent sur les grains avant de mordre la langue dont le sang finit par étouffer. C'étaient mes jeux à moi, mon imagination avait pour décor la rubrique faits divers. Mais qui aurait bien pu me tuer, même pas mon père, il était parti, même pas ma mère, elle ne me touchait pas, pas de frère vicieux, pas de cousins jaloux, pas de fils de fermier graveleux, que des dames de bonne société qui venaient prendre le thé. Le jardinier était gentil, et même si je m'habillais court, juste pour voir si quelqu'un quand même finirait par me reluquer, je crois qu'il n'a jamais vu en moi autre chose que la fille de la patronne, effacée, muette. J'aurais bien voulu la rencontrer la lubricité, on m'en avait tellement parlé, fallait-il que je sois si insignifiante pour ne pas éveiller l'ombre d'un désir avec mes jambes maigres de douze ans, et mon gloss à la fraise ? Personne, comprends-tu, pas même le curé, plus porté sur mes camarades de classe, pas même le jeune instituteur qui s'ennuyait à mourir dans ce bled perdu, et qui aurait quand même pu chercher à s'amuser. Parfois je me déshabillais sur la petite plage de galets qui permet de s'étendre au coude de la rivière, j'essayais d'attraper les quelques rayons que filtraient les grands chênes, je prenais des poses lascives, attentive au moindre bruit dans l'espoir d'un voyeur, d'un égaré, d'un vagabond, mes gestes leur étaient adressés, je vivais avec ce regard-là, qui me tenait chaud, qui me faisait exister. Puis je glissais dans l'eau glacée, essayant de ne pas déraper pour ne pas paraître ridicule devant celui qui aurait dû me regarder, je nageais doucement, étudiant chacun de mes gestes, les travaillant pour les rendre érotiques à souhait. Je jouais à rester sous l'eau le plus longtemps possible, juste pour voir. Me demandant sans cesse : Qu'est-ce que ça fait d'être noyée ? Imaginant une main sur mon visage, l'enfonçant dans la vase, et la manière dont je pourrais l'amadouer ce tueur en série, ce violeur d'enfant, lui promettant mon corps, des délices à n'en plus finir, le mariage pourquoi pas, et je me voyais plus forte que lui, ayant gagné son âme à force de beauté, de courage, le sacrifice de ma virginité aurait été peu de chose au regard de mon geste. J'étais prête à sacrifier n'importe quoi si c'était le moyen de devenir importante, peu importe aux yeux de qui. Et ma virginité était sans doute la seule chose qui vaille, puisqu'elle était accidentelle, qu'elle ne m'appartenait pas en propre, aussi voulais-je la perdre de façon héroïque, pour qu'au moins elle me serve à quelque chose, pour que cette petite valeur produise des bénéfices, ne pouvant compter sur rien d'autre. Mais j'avais peur de la voir disparaître, un jour de solitude, sans presque m'en apercevoir. Si je ne devenais pas une victime, quelqu'un qu'on plaint, comment pourrais-je attirer l'attention ? Déjà j'étais au centre de mes pensées tu vois, ambitieuse, prête à tout, avec cette complaisance des gens seuls pour leur solitude, des petites filles insignifiantes pour leur tristesse. À défaut de talent, j'avais mes tares pour me rendre célèbre. Je n'en demandais pas tant, être célèbre n'était à vrai dire ni un but ni une vocation, mais s'il fallait en passer par là pour que maman me présente à ses amies avec un air d'admiration, alors pourquoi pas, j'aurais pu faire n'importe quoi.

C'est cela qu'avait très tôt perçu ma mère et qu'elle haïssait chez moi, une petite fille qui se complaît avec tant de mollesse dans la négation de soi-même comme si elle pouvait s'en glorifier et attacher les autres par la culpabilité que j'espérais leur infliger.

Jamais pourtant lorsque j'étais enfant je n'ai pensé ressentir de la souffrance, de la tristesse peut-être, mais il me semblait être heureuse autant que l'on peut l'être, que mes manques étaient banals, que d'autres avaient plus de problèmes n'est-ce pas, après tout ma mère avait de l'argent et des connaissances, je n'étais pas fille de paysans comme la plupart des élèves de ma classe, mon avenir était quasiment assuré, et si je ne plaisais pas encore aux garçons, malgré mes désirs secrets, j'étais en droit d'envisager n'importe quel mariage avec n'importe qui. Monter à la capitale me prendrait quelques heures de train, quand pour les autres cela prendrait une vie. Alors de quoi me serais-je plainte ? Je savais que j'étais une enfant gâtée, ce qui m'isolait des filles et garçons de mon âge, mais on ne peut pas tout avoir n'est-ce pas, et si je rêvais secrètement d'aller traire des vaches, on m'apprenait à servir le thé dans des tasses délicates. Ce que d'aucuns m'enviaient, s'ils m'enviaient, il fallait bien que ce fût un privilège.

J'ai toujours pensé que les autres savaient mieux que moi, et je les écoutais me définir comme je t'ai laissé me modeler.

Ma seule originalité fut peut-être d'aller plus loin dans la monstruosité que tu me supposais.

Mon âme – et j'ai conscience que ce mot est excessif s'agissant de ce qui m'a régi depuis que je suis en âge de penser et d'agir – a grandi sous diverses influences, la plupart du temps celles de mon imaginaire, rempli de desseins chaotiques, d'images piochées dans de mauvais romans policiers que je lisais à la pelle dans le grenier de la maison. Je n'avais pas d'amis dans cette province pourrie où les sangs ne se mêlent pas, et j'ai fini par préférer l'enfermement que les rares ouvertures qu'on a pu me proposer. J'avais pris peur de moi-même et protégeais jalousement mes monologues et mes jeux au goût de supplice. Je n'aurais laissé personne entrer dans mon intimité que je savais déjà dangereuse.

C'étaient mes Barbie qui en prenaient pour leur grade, et elles portaient toutes mon nom. J'éprouvais du plaisir à les déshabiller et à leur faire subir quelques sévices de mon imagination. Ça n'allait pas bien loin, rassure-toi. Un déchargement de violence qui n'était pas dénué d'érotisme. De l'autoérotisme. Ken les violait souvent, je les retrouvais mortes, les cheveux emmêlés, dans le terrain vague qu'était mon bac à sable. Et je leur faisais des enterrements de reine : mères, maris, frères et sœurs, cousins, tantes, villages entiers suivaient le corps supplicié, pleurant silencieusement la perte de la douce enfant si pleine d'avenir et de rire. Je pleurais moi aussi, en suivant le cortège, trois poignées de sable, et au trou. Combien de poupées ai-je enterrées. Ma mère se demandait comment je les perdais avec une si grande constance, elle me soupçonnait de les cacher afin d'en constituer une armée, planquée dans une armoire secrète. Elle n'a jamais découvert le cimetière aux barbies, j'effaçais les traces de mes forfaits.

Mais je savais où chacune d'entre elles reposait. Les visitais régulièrement, déposant parfois des brins d'herbe en guise de gerbe. Lorsque je les voyais dans la vitrine du seul magasin de jouets de la ville, je calculais leur espérance de vie et en éprouvais de la tristesse. Quand je les choisissais, j'hésitais longuement, connaissant leur destinée, en épargnant certaines, sachant que leur tour arriverait bientôt. Jamais ma mère n'a arrêté de m'en acheter et, si les décès se succédaient trop vite, j'attendais. J'ignore pourquoi elle n'a jamais rien deviné. Elle devait mettre ces disparitions étranges au compte de ma folie latente, ou de mon désordre patent. Toutefois s'il y a une chose qu'on ne peut reprocher à ma mère, c'est sa générosité à mon égard, surtout après la mort de grand-mère, elle dépensait sans compter, peut-être oubliait-elle qu'elle m'avait acheté une poupée le mois précédent, peut-être faisait-elle seulement semblant et ne voulait-elle pas s'embarrasser l'esprit à comprendre. Ou peut-être encore avait-elle peur de comprendre. J'incriminais parfois le chien, parce qu'il avait déjà dévoré quelques peluches, et que ma mère en avait été témoin. Elle le grondait bien sûr et je n'étais pas fière, mais il me fallait bien sacrifier quelqu'un dans l'histoire, et je le câlinais des heures pour me faire pardonner. C'était notre pacte à nous, ma peur était qu'il les déterre, mais mon chien n'était pas un terrier, aussi aveugle qu'une taupe, il aboyait pour un rien, au moindre bruit, à la moindre visite d'un voisin qu'il connaissait pourtant depuis sa naissance. C'est grand-mère qui me l'avait offert, ce chien. Il avait la saveur que doit avoir l'enfance, un goût de campagne et de terre mouillée.

Vers quatorze ans, j'ai cessé le génocide. Je m'étais tant de fois tuée dans d'atroces souffrances que j'avais besoin d'aller voir ailleurs. Les livres m'ont sauvée de ma solitude et de mes idées noires, ils les nourrissaient aussi, mais au moins j'avais l'impression d'un dialogue. J'écrivais des lettres aux auteurs que j'aimais, même ceux qui étaient morts, je ne les envoyais jamais, mais l'illusion demeurait d'une correspondance avec eux. Le réel ne deviendrait jamais le pilier de mon existence exilée. Je n'en voulais pas tout en le souhaitant ardemment. Mais je le souhaitais comme un *deus ex machina*, incarné en une personne qui viendrait me chercher et m'y plongerait avec brutalité, sans que je puisse résister. Je me projetais dans des rêves de réalité, meublés d'objets et d'appartements, de repas, de salles de bains, de détails si matériels qu'il était difficile de les imaginer avec exactitude. Ce que j'attendais du réel, c'était l'exactitude. Celle qui me sortirait de moi-même, qui me ferait croire en une autre existence, celle que tu m'as apportée, avec tes certitudes sur la manière de faire, de se réveiller, de manger à heure fixe, d'enfanter, de décorer une chambre pour enfants, d'acheter une table à langer avec tel budget, de faire les courses dans tel magasin plutôt que dans tel autre, de se laver les mains avant de passer à table, de regarder la télévision entre huit heures et huit heures trente parce que seul le journal télévisé pouvait nous apporter quelque chose, de lire trois quarts d'heure avant de dormir, de faire l'amour d'abord tous les jours, puis toutes les semaines, le samedi de préférence. Tu apportais le remède à mes dérives, chassant le flou, l'indistinct, la difficulté de tracer des frontières. Tu me sauvais, tu étais le réel, incarné, le sauveur, l'homme de ma vie, le père de mes enfants, mon tuteur illégal, mon gardien.

Mais tu n'as pas assez verrouillé. Tu n'avais pas fermé toutes les portes, ne me connaissant pas encore assez bien pour deviner que j'irais ouvrir l'interdite. *Barbe bleue* était mon conte préféré tu comprends, je connaissais chacune des pages par cœur. J'avais eu le temps de l'apprendre. Dans mon grenier. À attendre Anne ou les autres, à attendre qu'on me sorte de là.

Bien sûr, mes vieux démons étaient enfouis dès mon arrivée à Paris. Je pensais que l'enfance les avait emportés avec elle. Qu'est-ce qu'on ne réussit pas à se raconter sur soi-même ! La pire illusion fut de croire qu'en te rencontrant les quinze premières années de ma vie étaient bel et bien enterrées, que ma vie commençait, que j'étais une personne neuve, si pleine de cette chance qu'on m'avait toujours reprochée.

Tapie, la vieille peur. Étouffée. Guettant dans l'ombre.

C'était de moi dont j'avais peur, ou de ceux qui auraient pu me voir dans ma vérité la plus nue. Peu à peu, j'ai transféré cette peur sur toi. C'était plus facile, tu peux l'imaginer. Je n'avais plus à me soucier de moi-même, tu m'en protégeais, j'avais un autre motif d'inquiétude, ta colère sourde à mon égard qui débordait de plus en plus souvent, le noyau d'une haine qui commençait à se développer, et c'est comme si je l'avais toujours su, que tu finirais par me haïr, comment aurais-tu pu m'aimer, toi qui avais l'intuition des profondeurs, toi qui me cernais de toute part, toi qui avais découvert sans te le formuler ma vraie nature. Je savais qu'un jour ou l'autre l'imposture éclaterait au grand jour.

À tes yeux j'étais immonde, alors l'immondice est revenue à la surface. Je sais que cette image que tu avais de moi ne m'était pas entièrement imputable, que les femmes finissaient toujours par te dégoûter, que tu en avais besoin pour te défaire de ta violence, mais qu'au fond tu ne les aimais pas. Sauf que cette fois tu avais vu juste. J'étais cette femme qui te prouvait que tu avais raison. Sans doute ton attachement est-il né de cela, mon existence justifiait ton système de pensée, mon corps rassurait d'autres penchants. La haine de toi trouvait un exutoire, ma haine de moi trouvait une caution.

Je me demande parfois si les choses auraient pu tourner autrement. Mes enfants auraient pu me sauver mais il était trop tard. Avec eux j'étais autre, amour sans haine, dévouement exclusif, dans leur tendresse je me sentais renaître. Ils ont donné à mes sentiments la légitimité qui leur a toujours manqué. Pour eux j'aurais pu me révolter. Ils étaient vierges de toute humanité, la mienne leur semblait la norme. Alors oui je me suis sentie normale. Mais tu étais là, à t'interposer, nous parquant dans un même univers clos, me faisant comprendre que le vice est contagieux et que j'allais en faire des bons à rien. Ce qui était contagieux, c'était ton regard sur moi, il m'est arrivé de porter le même sur eux, craignant de les avoir contaminés. Et j'ai fini par me dire qu'en effet ils ne devaient pas être aussi purs que je le croyais. Mais j'échappais de justesse à cette pensée, je luttais contre, avec les forces qui me restaient. Je voulais les sauver.

Tu as l'impression que je t'accuse. Tu as ici noir sur blanc la preuve de la violence que tu m'as toujours soupçonné de ressentir à ton encontre. Je te la livre, pour te faire du bien, pour te donner raison.

Pourtant, s'il m'est arrivé de t'en vouloir, j'ai toujours su chasser des sentiments que je jugeais destructeurs. Pardonne-moi d'écrire cela, je ne veux rien biffer, tout doit être dit, de quoi pourrais-je avoir peur dorénavant, et tu déchireras le papier une fois que tu l'auras lu, ça ne concerne que nous n'est-ce pas. Oui, j'étais parfois terrifiée, mais j'admets qu'il en allait de mon masochisme, que tes instincts sadiques n'étaient que le résultat d'un appel de ma part, de ma propension à faire sortir chez l'autre ce qu'il a de pire.

Seulement tu n'aurais pas dû les éloigner de moi.

J'ai assisté à un début de révolte, ici, à la prison, les femmes tapaient dans leur gamelle et criaient en chœur, un sentiment de panique s'est emparé de moi. J'entendais les bruits monter, des hurlements qu'on ne peut pas arrêter, qui envahissent le cerveau, de l'eau qui bout, et qui déborde et je mets le doigt pour qu'elle arrête de déborder, mais rien n'y fait et je me brûle. La vague de voix humaines déferle, celui qui va l'entendre ne sera pas content. Je pense à celui qui ne sera pas content. Je pense à sa colère, je crains la contrariété grandissante, qui bientôt se transformera en fureur, je voudrais leur dire d'arrêter, de se taire, je suis prise dans le bruit, je me bouche les oreilles, mais la punition viendra, sans que j'y puisse rien, et je serai réprimandée. Je n'ai pas peur de la réprimande, seulement que ces hurlements ne contrarient à l'excès le chef, les gardiens, ceux qui nous tiennent, ceux qui ont le pouvoir.

La punition je m'en moque, quelques jours en isolement ? Qu'ai-je à faire d'une solitude de plus ? Mais l'angoisse, l'impossibilité de les faire taire, les pleurs de mes bébés, qui ne cessent jamais la nuit alors que tu as besoin de dormir, dormir, tu as sommeil, des journées de travail qui n'en finissent pas et ces cris que je voudrais étouffer pour que tu ne les entendes pas. Pour que tu ne hurles pas à ton tour, les faisant pleurer de plus belle. Insonoriser la chambre, dormir avec eux pour les calmer, poser ma main sur leur front, les bercer sans que tu m'en veuilles, de t'abandonner, de les préférer, de foutre le bordel dans ta putain de maison qui doit t'accueillir dans le calme parce que tu en as besoin de calme, et que personne ne te respecte, ici, dans ce lieu qui devrait t'offrir la quiétude. Je voudrais hurler plus fort qu'eux pour couvrir leurs bruits, et que tu m'insultes moi plutôt qu'eux qui sont des enfants, des bébés, et ne comprennent pas, pourquoi on leur en veut, pourquoi on leur crie dessus et qui pleurent davantage, l'angoisse les fait convulser, les prendre contre moi sans prendre leur parti. Prendre, tout prendre. Sur moi. Et que tu dormes, et que tu les aimes, et qu'ils soient comme tu veux qu'ils soient, pas des enfants peut-être, pas des nouveau-nés, ou des nouveau-nés endormis, qui sourient dans leur sommeil. Tenir un coussin sur leurs visages violacés pour que tu ne les prennes pas en grippe, qu'ils t'obéissent, qu'ils se tiennent tranquilles, mes bébés, mes enfants qui hurlent, et moi entre vous, qui entends leur appel, leur désespoir peut-être, et ton exaspération que cette maison *ne soit pas tenue*, que cette maison fuie de partout, que les voisins du dessus doivent nous maudire, que tes oreilles n'en puissent plus, que tu aies besoin de dormir putain mais fais-les taire ces chiards. Ils s'y mettent à deux, je suis impuissante, plus paniquée qu'eux, et ils la sentent ma panique, ça leur fait peur, ils pleurent derechef. Alors je ferme la porte, m'assois entre leurs lits et pleure en chantant une berceuse. Bientôt tu dormiras, je ne te rejoindrai que tard dans la nuit, après avoir promis à mes enfants une vie merveilleuse.

Comment fais-tu chaque soir, pour les coucher, leur donner le bain, les faire manger ? Tu n'avais jamais fait cela n'est-ce pas ? Est-ce ta mère qui s'en charge ? Je lui fais confiance à ta mère. C'est une vieille bourgeoise bigotte mais pas une mauvaise femme. Au moins saura-t-elle accompagner mes enfants. Prier pour eux aussi, beaucoup. Tu ne lui parlais plus alors, j'avais de meilleures relations avec elle que toi, son propre fils. T'a-t-elle jamais compris ? Ce rejet que tu avais d'elle, était-ce dû à l'éducation stricte qu'elle t'a donnée ? Elle t'aime tu sais, mais tu ne peux concevoir que quelqu'un puisse t'aimer. Elle t'aime mal peut-être, mais c'est déjà ça l'amour d'une mère. Qui a jamais eu grâce à tes yeux, ni tes auteurs que tu jugeais de manière cynique, cette fiotte vient encore m'écrire ses histoires de folle, celui-ci vit comme un clochard, il ne sait même pas se tenir. Tu avais quelques amis tout de même, des hommes, toujours, célibataires en général, ou trompant leur femme comme s'ils l'étaient. Des copains de beuverie, des copains avec qui on peut dire pute, salope, chienne, des copains à qui on raconte comment on les baise, qu'est-ce qu'elles aiment, qu'on leur crache dessus et qu'on les prenne par le cul, même si toi, en matière d'érotisme, tu étais plutôt conventionnel. À part la violence, la brutalité des étreintes, l'insulte facile qui te faisait éjaculer plus vite que de les proférer. Peut-être allais-tu voir des putes, peut-être pas, quel besoin, j'étais ta pute, faisais ce que tu me demandais de faire. Dans l'amour tout est possible n'est-ce pas, les coups et les salissures. Ce ne devait pas être grave, ça devait rester dans les limites du sexe, mais quelles frontières érige le sexe quand il a besoin de violence, quand il est un exutoire des frustrations et qu'il ne sait pas les évacuer ? De quoi avais-tu besoin que je n'étais pas capable de t'offrir, moi qui n'étais pas à une humiliation près ? L'amour physique était pour toi une flagellation. Que leur racontais-tu à tes amis du pub, ces garçons propres sur eux, ces héros du Tout-Paris qui noyaient leurs impuissances dans les boîtes échangistes ? Tu n'as jamais passé le pas n'est-ce pas ? Tu l'aurais tant voulu, mais ton amour-propre, ton image, ta contenance ? Même pour rire, il ne fallait pas leur donner ça, cet aperçu de ta faiblesse. Et te respectaient-ils ? D'être si vertueux toi qui savais te montrer si cavalier ? Soupçonnaient-ils tes tendances tyranniques, quand tu leur montrais ta largesse d'esprit, toi si ouvert aux vices des autres du moment que tu n'y participes pas ? Ta pudeur, ta maîtrise, ta main sur moi, sur nous, plus féroce si tu n'avais rien à te reprocher. Te plaignais-tu de ta vie auprès de ces soi-disant confidents ? Je ne crois pas. Pourquoi ne l'as-tu pas fait, pourquoi ne t'es-tu pas soulagé, pour nous protéger ? Comme je le faisais vis-à-vis de mes propres connaissances ? Pour nous tenir dans notre système d'échange tu me fais mal je te fais mal, et ça nous fait du bien ? Avais-tu honte ? Pourquoi ne m'en as-tu pas fait part, de tes souffrances et de tes doutes, crois-tu que je n'aurais su les recevoir ? Non, à moi on ne dit rien, on ordonne. Le dialogue m'aurait été un service que je ne méritais sans doute pas. Et je n'ai jamais cherché à violer cette intimité que tu gardais jalousement, je n'ai jamais cherché à mettre le doigt là où ça faisait mal, par lâcheté, par couardise, je te préférais volcan éteint, sachant qu'un jour tu te réveillerais. Mais n'étais-je pas faite pour essuyer les coulées de lave ? Je me savais cette force ou cette bassesse, je me savais plus forte que tout dans la déchéance. Tu l'avais deviné toi aussi, et pour cela tu avais besoin de moi. Et je n'ai jamais résisté au besoin que je pouvais susciter. Ma raison d'être était ta nécessité, pour une fois je n'étais pas seule.

Tu as fini par sortir sans moi, dans ces soirées où jadis je t'accompagnais. C'était mieux ainsi. La recherche effrénée de baby-sitter, dont tu ignorais tout, me rongeait d'angoisse : tu me prévenais souvent la veille pour le lendemain, et si je n'avais pas trouvé de solution, tu pensais que je le faisais exprès, que je préférais traîner en chaussons, que je n'osais plus quitter mes fils, est-ce que tu pouvais encore être excité par ce laisser-aller, à force ne plus faire d'effort, est-ce que je supposais pouvoir te retenir ? La menace était formulée. Je ne me faisais pas d'idée. J'ai alors été soulagée que tu ne me demandes plus de t'accompagner, au moins tes critiques m'étaient-elles épargnées.

Parfois cependant, lorsque tu rentrais tard, j'avais peur seule, dans ce grand appartement, imaginant voleurs et tueurs au moindre craquement de plancher, m'interrogeant sur mes réactions, me sauverais-je par la porte ou aurais-je le courage de traverser le couloir pour aller dans la chambre des garçons, les protéger contre l'intrus. Je n'étais pas sûre de répondre à cette question, horrifiée par ma propre lâcheté. Alors pour m'entraîner, à la moindre crainte, je mettais mes chaussons et d'un pas de chat me rendais auprès d'eux, un couteau à la main, dissimulé dans le tiroir de ma table de nuit. Mais la clef finissait par tourner dans la porte, tes pas dans l'escalier, tu ouvrais la lumière de la chambre sans te demander si cela me réveillerait. De toute façon j'étais réveillée, incapable de m'endormir avant que tu rentres. Je te demandais comment ça s'est passé, mais toi, tu crois que c'est une heure pour te raconter ma soirée, tu crois que j'ai vraiment envie d'engager une discussion là, à trois heures du matin, alors que je dois être au boulot à neuf heures, penses-tu vraiment que j'ai envie de te raconter. Tu sentais l'alcool, et je m'excusais. Une fois, mon ressentiment a débordé. J'avais envie de sortir moi aussi, de m'habiller, de parader, c'était devenu si rare. Et je t'ai reproché de ne pas m'avoir emmenée. Tu es alors entré dans une véritable fureur, mais elle s'est exprimée à ta manière : Toi, tu as quelque chose à te reprocher, qu'est-ce que t'as fait, ton Henri ne serait pas passé à la maison hier soir par hasard ? Qu'est-ce que vous avez fait, il t'a baisée, il t'a bien baisée ? Fais voir si tu sens l'amour, vas-y, enlève cette chemise de nuit immonde. Et j'étais terrifiée, non parce que je t'avais trompé, comment cela aurait-il pu être possible, tu devais bien savoir que jamais je ne commettrais l'adultère, encore moins chez toi, en présence des enfants ! Mais comment répondre à une accusation extravagante ? La dénégation sème le doute. Alors je me suis tue, et tu m'as prise, excité par ce possible écart, me punissant en me faisant l'amour. Voilà pour toi, si ça ne te calme pas, je ne sais plus quoi faire. Je me suis bien gardée de recommencer.

Et j'ai acheté plus de bouteilles pour me tenir compagnie. Parfois je descendais dans la rue, tandis que les enfants dormaient, pour marcher, et fumer, m'arrêtant dans quelques bars, glauques si possible, avalant une vodka, fumant une autre cigarette, jusqu'à épuisement. Alors j'arrivais à dormir et je me foutais bien de mon haleine au réveil. Même si, le lendemain, je mesurais la folie de mon geste. Et me lavais les dents à peine levée. La tête prête à exploser. Dans mes virées nocturnes et secrètes, il m'arrivait de vouloir te quitter, je m'excitais toute seule à cette idée, imaginant d'autres vies. Au lendemain, ces velléités me passaient, s'abîmant dans la gueule de bois. Pourtant jamais je n'ai oublié de me lever, d'habiller les enfants, de les accompagner à l'école. Je rentrais seule, je me recouchais.

J'ai voulu recommencer à travailler, pour m'occuper, j'acceptais n'importe quelle traduction, mais elles ne me sortaient pas de chez moi ni de mon quotidien fait d'attente.

Ce soir je vais dormir tôt, prendre un somnifère, si l'infirmerie m'y autorise, auraient-ils peur que je me suicide – franchement en quoi cela les concerne-t-il ? Ils m'ont dit, vous savez, la vie ne vous appartient pas, et j'ai trouvé ça drôle. Était-ce une critique, un jugement sur ce que j'ai fait ? Votre sentiment de toute-puissance relève de la psychose. Fort bien. Mais s'imaginent-ils dans quel monde *il* aurait vécu ? Moi je le sais, moi je souffrais déjà pour lui qui ne pourrait pas échapper *à nous*.

Mon crime a été de le laisser grandir à l'intérieur, mais j'avais besoin de lui pour me réchauffer. Et qui cela a-t-il gêné puisque personne ne s'en est rendu compte ? Pas même toi qui partageais ma couche. Te souvenais-tu seulement de mon corps, de mes seins, de mon ventre, pour ne pas voir la tumeur grossir, les tétons noircir, se gonfler ? C'était mon défi que tu ne voies rien, je voulais seulement vérifier si j'existais encore. Pas à tes yeux en tout cas, pas en tant que corps. Alors qu'il n'avait jamais été aussi vivant. J'ai arrêté de boire, j'ai limité les cigarettes, je me sentais forte, presque heureuse, même si je ne pouvais partager avec personne ces neuf mois de plénitude, ces neuf mois de sursis, parce que je soupçonnais qu'ils s'arrêteraient là, même si aucune décision n'avait alors été prise. Je n'ai jamais rien fait avec cynisme. Tu ne me crois pas ?

Mon ventre n'accueillera plus, mon ventre *lui* est fidèle. Mes côtes commencent à saillir, ma peau commence à coller aux organes. Je peux les sentir de ma main, ainsi que mes muscles tendus, par manque d'oxygène sans doute. Certaines femmes font des pompes, entraînent leur corps – mais à quoi ? Moi, je ne bouge pas, j'attends la faim, puis elle passe et se transforme en fatigue, j'ai des vertiges quand je me lève, et cet état d'apesanteur est agréable. Me sentir légère est un luxe que je n'ai jamais pu me permettre.

Mon corps se rappelle parfois à moi dans la douleur. J'oscille entre les états de grâce et de dépression, tantôt je me déréalise, tantôt je ne suis qu'un corps qui a mal. La douleur contre l'oubli. Mais au moins elle prend toute la place, la place de la pensée. La douleur se fait pensée. L'esprit est anéanti. Je parviens parfois à ne plus réfléchir, et même les associations d'idées, activées par la moindre odeur, le moindre son, se défont. Le lien s'est distendu, la cohésion de mon être se dissout. Je rêve d'une place à l'infirmerie où les rares décisions qu'il me reste à prendre – me lever, m'habiller – seront prises par d'autres, où l'on me nourrira par intraveineuse, où ma conscience sera désolidarisée de mon corps, qui appartiendra alors à d'autres. J'offrirais volontiers mon corps à la médecine, il n'est pas besoin d'attendre ma mort pour cela.

La dernière chose qui m'empêche encore de me confondre avec les ultimes réflexes vitaux est cet absurde espoir que mes garçons viennent me rendre visite.

Le pire est quand je m'éveille de bonne humeur, avec des envies, des envies d'œufs brouillés, des envies de campagne, des envies de cris d'enfants et de chiens en laisse, quand les rêves me laissent un souvenir de liberté, une saveur d'avant, une idée d'une autre vie. Je sais que ces joies fugitives tourneront en rond jusqu'à s'épuiser, qu'elles sont un gâchis d'énergie, la meilleure manière de devenir folle. Oh je ne dis pas qu'elles résistent longtemps au réel, mais elles sont une humeur, difficile à saisir, qui me gêne par respect pour toi, par respect de votre deuil, de votre honte, et ma propre honte n'en est que plus cuisante. Alors parfois je me cogne la tête contre le rebord du lit pour les faire disparaître, encore ces maux de tête qui me sont un remède. Les glandes hormonales sont coriaces, je suis sûre que ça vient d'elles, ces états d'euphorie légère, des glandes hormonales, est-ce que ça ne s'enlève pas par de la chirurgie, est-ce qu'on ne peut prendre des médicaments comme il en existe pour les crises de nerfs, les folies passagères, ou faire une ablation de l'utérus, comme pour les chiens – même s'il paraît que ça ne fait pas passer le désir, le vice, les pulsions. N'a-t-on pas envisagé de castrer les violeurs ? Et les infanticides ? C'est votre mot celui-là, celui dont vous croyez qu'il circonscrit une réalité, votre réalité, des faits objectifs, mais qu'est-ce que vous savez des enfants, qu'est-ce que vous savez d'un ventre qui nourrit un fœtus, qui le couvre, le cache, le protège, qu'est-ce que vous savez de la douleur de l'enfantement, quand les contractions t'empêchent de respirer mais que tu ne peux crier, sous peine d'attirer l'attention, et que tu es violette, cyanosée, que tes vaisseaux éclatent autour de tes yeux, sur ton front, que tes cheveux tombent, que le corps déchire ton vagin, que le sang se mêle à d'autres liquides plus laiteux, visqueux, mais que cette misère physique se mue en une joie limpide. Même si la joie doit s'arrêter là. Même si la douleur doit suivre. Neuf mois, un an presque, des semaines, des jours, sans que cette présence une seule fois ne se fasse oublier, ton corps responsable pour un autre, que tu ne dois plus malmener, que tu dois aimer pour que l'autre vive, croisse, dans le confort, cette confiance que tu es obligée, momentanément, de t'accorder, parce qu'il n'y a que toi, et lui, dans cette solitude enfermée des cocons à deux, d'où le monde est exclu. Comment voulez-vous après cela qu'il y ait séparation, que l'absence soudaine d'avenir pour l'un ne soit pas la perte de l'autre, qu'on ne meure pas à deux. Que cette mort ne soit pas pire que le suicide.

Infanticide. Votre mot, clinique, juridique, il ne m'est rien, ne décrit aucune réalité que j'ai vécue, ne concerne que vous, et mon deuil est infini quand le vôtre ne peut pas même commencer.

En moi il vivra toujours, pour vous il ne vivra jamais, et c'est mon privilège, mon unique privilège, que vous ne m'enlèverez pas.

J'aimais aller au parc après l'école, dans les bacs à sable, sur les toboggans, aider Lucien, puis Gustave, à monter les marches en bois, se tenant à la rampe, fiers mais le pas incertain, puis se mettre sur le ventre, ou s'asseoir, un moment de suspense, et ils glissent jusqu'en bas où je les réceptionne. Comme une mère, comme les autres mères autour de moi qui ont laissé les poussettes près des bancs, que des pères parfois gardent à l'abri des voleurs, mais toi tu n'étais pas là. Une fois, dix fois il faut recommencer la même manœuvre, parce qu'ils ne se lassent jamais, et moi non plus, d'être avec eux, cette répétition m'aide à m'oublier dans des gestes et dans leurs rires, m'assigne une tâche essentielle, une tâche qui me fait être. Je connais tout de leurs désirs, de leur fascination pour des objets cassés mais qui ont des boutons et des portes qui ferment, des allures de téléphone ou de cuisinière. Tout ce qui imite nos appareils à nous, déliés de leur utilité, de leur efficacité, ils aiment les objets purs de leur finalité, ils aiment les objets pour eux-mêmes, pour la manipulation, pour l'exploration du monde qu'ils leur permettent. Et je les laisse traîner dans le sable, même s'ils se salissent, même s'ils portent à leur bouche les grains malpropres qui crissent sous les dents. Moi je n'avais pas le droit de me salir, mes robes de petite fille devaient rester immaculées, j'ai vite appris à manger proprement, et le plaisir s'en est allé, j'ai désappris à être gourmande.

Le bain durait longtemps, je les frottais, jouais à la pêche à la ligne avec des poissons en plastique, savonnais les cheveux bouclés avec des shampoings qui sentent le propre, les rinçais avec le pommeau de douche, et ils essayaient de boire les gouttes puis de s'arroser avec. La salle de bains était inondée, je les séchais dans des peignoirs à leur nom, si petits les peignoirs à capuche, et comme j'aimais faire les machines pour étendre leur linge, enfouir mon visage, l'embrasser, ces petits bodys de bébé, ces tee-shirts de poupée. Il fallait tout nettoyer avant ton retour, sécher le sol, mettre les affaires sales dans le panier à linge, plier les autres, puis on passait à table. Et je prenais sur moi pour les laisser manger tout seuls, même s'ils en mettaient plus à côté que dans leur bouche. Je savais que si tu arrivais à ce moment-là, tu serais furieux de voir leurs pyjamas maculés de purée et de chocolat, j'essaierais de faire barrage, de t'expliquer, mais ça tournerait mal, inévitablement, alors j'ai pris l'habitude de leur servir un dîner bien avant que tu rentres, par mesure de sécurité.

Pourtant, malgré ces joies indiscutables où pesait malgré tout une angoisse, lorsque nous nous promenions tous les trois, je ne pouvais m'empêcher de jeter des regards jaloux aux couples que nous croisions, ce père avec son fils sur les épaules, sa fille dans les bras, une mère et sa poussette, se dépêchant sans doute pour rentrer chez elle, où l'attendrait un mari, le plaisir, l'insouciance que je supposais chez chaque personne rencontrée, des couples qui s'embrassent, qui prennent un café en terrasse, ce temps pour rien, pour être avec, pour vivre, des appartements accueillants où traîneraient des jouets, la télévision en marche et des dessins animés que des parents moins regardants laisseraient regarder par des enfants ravis. Et quand ils font des crêpes, sans doute chantent-ils ensemble. Je me faisais des idées, on ne soupçonne jamais la vie des gens, et peut-être cachaient-ils quelques malheurs, des divorces, des adultères, des dépressions. Mais je ne pouvais m'empêcher d'envier ces bonheurs apparents, de les imaginer avec force détails, de m'immiscer dans leur vie, de rêver parfois qu'ils sont de ma famille, que je suis leur sœur qui viendra le dimanche partager le gigot d'agneau. Je lisais les faits divers – cette habitude ne m'est jamais passée – pour m'assurer que le malheur existait bien en dehors de moi, que des maris tuaient leurs femmes, les battaient, que des femmes n'avaient pu avoir d'enfant parce que leur mère avait pris du distilbène pendant leur grossesse, qu'il n'y avait pas de structure pour les enfants autistes, que des accidents de la route fauchaient la vie de jeunes parents. Ça me rassurait tu comprends, je me sentais moins seule, et retrouvais cette ancienne évidence que j'étais privilégiée, que je n'avais pas à me plaindre, et que beaucoup aimeraient bien mener la vie que je mène. La honte que j'éprouvais à chercher obsessionnellement la misère et la peine autour de moi ne me freinait pas longtemps. J'avais besoin de cette solidarité silencieuse, pour m'en extraire, et apparaître à mes propres yeux comme une mère idéale, une femme épanouie, dont l'existence est belle et bonne et modèle. Il me fallait me sentir supérieure, vois-tu, j'avais besoin d'une exaltation de l'ego, mon narcissisme se nourrissait des malheurs des autres. Je prenais ma chance pour une qualité intrinsèque, la famille que j'avais construite était une fierté, comme si ma personne en acquerrait de l'importance, de la valeur. Mépriser les gens pauvres, les gens tristes aux destins brisés était une manière de m'écarter d'eux, de ne pas faire partie de leur cercle maudit, de me hisser en haut d'une hiérarchie humaine, de croire en mon bonheur et de m'en accorder le mérite. Mais cette fierté était fragile, dépendante d'une misère objective à laquelle je pensais ne jamais pouvoir m'abaisser. Si je ne la cultivais pas, le bruit des autres, les rires des repas d'été, les confidences dans les cafés, les mots susurrés dans les portables auraient fini par parasiter mon esprit, et mes fantasmes de plus en plus encombrants n'en auraient jamais fini de se noyer dans la banalité.

Chez grand-mère tout était possible. Nous confectionnions ensemble des pâtisseries, sans même mettre de tablier, je léchais les plats, chipais du chocolat dans le buffet, quand j'en avais envie. Une semaine par an, au mois d'août. Dans sa petite maison de la Beauce. Les champs étaient plats et n'en finissaient pas de partir, au loin, ils me donnaient l'impression d'infini que je n'éprouvais ni n'éprouverais nulle part ailleurs. Nous allions au village, main dans la main, par les sentiers de traverse, à l'automne le trajet durait plus longtemps parce que nous cherchions les champignons dans les sous-bois. Elle m'apprenait à les reconnaître, à les couper, puis à les cuisiner. Avec elle je pouvais rire sans me retenir et sans me justifier, je n'avais pas besoin d'avoir de raisons, il suffisait d'être là, et de laisser sortir le bruit de gorge, qui jaillissait, tout seul, et cela m'étonnait, oui, je n'ai jamais cessé de m'étonner devant mon rire si facile. Je l'entendais vois-tu. Je m'entendais rire. Grand-mère me regardait. Lorsque je tournais la tête dans sa direction, par hasard, ses yeux étaient toujours posés sur moi, et je n'y lisais aucun jugement. Le soir, pour m'endormir, elle me lisait des histoires, et si le livre était fini elle me les inventait, me parlant de petites filles tristes qui vivent dans des souterrains, et toujours, elles en sortaient. Quand elle est tombée malade, je n'en ai rien su, et pourtant je savais. Elle ne me disait rien, mais je voyais à sa démarche, à ses yeux légèrement voilés que le crabe s'était logé quelque part. Chaque soir, après qu'elle se fut couchée, je pleurais, silencieusement, lentement, pour essayer de m'habituer à son absence. Une fois, elle m'a entendue, elle est entrée dans ma chambre et s'est assise à mon chevet. M'a caressé les cheveux, le visage, elle a embrassé mes larmes. Elle m'a chuchoté de ne pas pleurer, que les gens ne se séparaient pas comme ça, qu'il suffisait de penser très fort à eux pour ne jamais les quitter. Ça ne suffisait pas, elle le voyait bien que ça ne suffisait pas. Alors elle m'a montré son mouchoir, celui brodé à son nom et que son mari lui avait offert : Tu vois, m'a-t-elle dit, grâce à lui, nous ne nous sommes jamais quittés, il suffit que je le serre contre ma bouche et ton grand-père est là, avec moi. Et je l'ai crue, même si j'avais lu ces mêmes mots dans les romans à l'eau de rose du grenier, même si je savais que c'étaient des mots éculés, des mots qui se veulent rassurants, des mots mièvres aurait dit ma mère, je l'ai crue parce qu'elle le croyait. Alors elle s'est levée, s'est dirigée vers la salle de bains et est revenue avec des ciseaux. Elle a coupé le mouchoir, m'en a donné une moitié : C'est la tienne, quand je ne serai plus là, tu les réuniras, et je serai à nouveau présente. Elle s'est éloignée, mais juste avant de fermer la porte, elle m'a dit, d'une voix si douce : Ne juge pas trop ta mère.

J'ai bien essayé. Une année plus tard, alors que j'attendais d'être envoyée chez grand-mère, et que n'y tenant plus j'ai demandé, oui j'ai demandé si je pouvais aller lui rendre visite cet été, maman m'a dit, ta grand-mère est morte, la maison est vendue. Pourtant, j'ai désobéi, et je te jure que c'est la seule fois : j'ai hurlé, oui, j'ai osé élever la voix sur ma mère, j'ai hurlé pourquoi tu ne me l'as pas dit ? Elle m'a regardée, les lèvres pincées, blessée sans doute que j'aie pu libérer une telle colère contre elle, son ton était sans appel : mais pour te protéger ma chérie. L'autre bout de mouchoir, je ne l'ai jamais revu, pas plus que la tombe de grand-mère. Et j'aurais bien troqué ma moitié contre la sienne, mais c'était bien la mienne que je gardais, moi coupée en deux, dont ne restait que la mauvaise part.

Jamais ils ne se sont éloignés de moi. J'ai bien fini par les envoyer à l'école, mais c'est moi qui les y déposais et allais les chercher, leur achetais des vêtements et les cadeaux de Noël. Il y avait bien ta mère, à qui j'acceptais de les laisser pour les vacances, parce qu'ils se plaisaient à Bordeaux, dans la maison familiale, avec cousins cousines, poney et mini-golf. Je prenais sur moi pour les laisser partir, aimer d'autres personnes, jouer plus gaiement, dans une atmosphère insouciante qui doit être celle de l'enfance. Ma mère ne m'a jamais proposé de les prendre chez elle, payer une aide-soignante pour la martyriser lui semble normal, une baby-sitter un luxe. Elle qui n'était pas regardante avec l'argent considérait certaines dépenses comme du gâchis.

Je ne dis pas qu'elle ne les aimait pas, au contraire je l'ai rarement vue aussi tendre, ce qui ne veut pas dire qu'elle l'était, leur offrant des gâteaux et des cadeaux lorsqu'elle venait occasionnellement déjeuner le dimanche, ou qu'elle passait une semaine à Paris, dormant à la maison. Ces semaines étaient un répit, tu rentrais et t'entretenais avec elle sur le ton mondain qui vous va si bien à tous deux. Elle prenait de l'intérêt à ta conversation, tu la faisais rire, et cela te flattait. De moi, il n'était jamais question, même pas pour se moquer gentiment comme il peut arriver qu'une belle-mère et un beau-fils le fassent. J'étais invisible à vos yeux, servant le whisky et les cacahouètes, préparant le dîner, couchant les enfants. Et c'était merveilleux, cette présence féminine qui nous délestait du poids de notre solitude, de notre enfermement. J'étais seule avec eux, jouant sans craindre de l'impatience, profitant de ces heures bénies où tu étais occupé à jouer le maître de maison, me sentant femme alors, la maison étant habitée par des voix, les choses revenant dans l'ordre.

À table, ce n'était déjà plus pareil, je devais affronter la froideur de ma mère et tes regards méprisants, mais nous faisions tous comme si, et ces comme si étaient mieux que le reste du temps. J'entrevoyais une vie que j'aurais pu aimer. Les enfants eux aussi semblaient ressentir un apaisement, ils devenaient enfants, déposant leurs airs de vieux adultes qu'ils avaient fini par endosser, les singeant du mieux qu'ils pouvaient, jusqu'à s'identifier à eux. Quand tu partais, le matin, nous échangions avec ma mère quelques banalités, jamais de souvenirs, jamais de conversations de femmes, elle me demandait s'il y avait de bonnes expositions et je lui conseillais des musées et des promenades. Je ne sais pas si elle suivait mes conseils, à vrai dire je m'en moque, ce que je sais c'est qu'elle déjeunait dans de bons restaurants plutôt que de rentrer à la maison, ce qui ne me dérangeait pas, au contraire, j'aurais été bien en peine de lui tenir compagnie alors que les enfants étaient à l'école. Elle rentrait juste après eux, prenait des bains, se parfumait, se maquillait et ne sortait réellement dans le salon qu'une demi-heure avant que tu rentres à ton tour. C'étaient des arrangements n'est-ce pas, mais qui convenaient à tout le monde. Et si j'ai songé à les enfreindre, je n'ai jamais osé, comme s'ils avaient été des lois tacites. Poser des questions indiscrètes, essayer d'entrer dans l'intimité de ma mère, lui raconter des choses personnelles, tout cela était hors de propos, bien trop dangereux pour que je m'y aventure, ou seulement de mauvais goût. Elle tapait gentiment la joue des garçons, leur apprenait des noms de fleurs, ils étaient contents. On s'arrêtait là. Tout semblait alors si normal. Et si quelqu'un était entré dans la pièce tandis que nous étions réunis, il aurait certainement eu l'image d'une famille heureuse, et peut-être même qu'il aurait été un peu jaloux. C'est ce que je me disais quand je vous regardais, et j'en tirais un certain réconfort. Je n'avais plus à me comparer.

Le premier Noël après la naissance de Lucien, tes parents sont montés à Paris pour m'aider à préparer le repas et faire les cadeaux. Tu rentrais plus tôt du bureau et, dans la cuisine où je m'affairais seule tandis que ta mère donnait le bain à Lucien, tu venais m'embrasser, mettre ta main dans mon décolleté, et tu me disais, ça j'en suis sûre, « ma petite femme ». Dès qu'on entendait la porte de la salle de bains s'ouvrir, tu te dégageais de l'étreinte, pour la garder pour nous, comme un secret, comme cette part intime volée à tes parents, contre tes parents, nous étions couple alors. Ton regard en coin, ton sourire malicieux pour me manifester que nous étions deux, face à eux, deux mais aussi parents désormais, et que nous n'avions rien à leur envier, rien à apprendre d'eux nous qui étions devenus adultes, aussi parents qu'eux, plus seulement fils ou fille, non deux personnes mûres capables de s'amuser et d'assumer des responsabilités, capables de former une entité dans laquelle ils n'entreraient que s'ils y étaient invités. Tu débouchais le champagne en racontant quelques blagues, je riais trop, j'étais heureuse, tu me servais et me resservais en me chuchotant : Toujours ça de moins pour eux. Tu allais coucher Lucien et ta mère t'enrobait de son regard aimant, fière que son fils soit devenu père, fière du petit-fils qu'il lui donnait. Et tu te régalais du foie gras et des huîtres que tu ouvrais avec ton père, vous preniez votre tâche à cœur, un travail d'homme, un travail qui restitue à chacun sa place dans une famille, dans une fête, des gestes qui te faisaient sentir fort.

Lorsque nous allions nous coucher, tu m'enlaçais avec tendresse et tes mots étaient doux. Nous faisions l'amour, ou pas, mais si nous le faisions c'était avec un calme qui conférait à chaque geste son ampleur, sa densité. Tu me regardais alors, et c'est moi que tu voyais, moi à qui tu souriais, moi que tu possédais. Les vacances ont duré une semaine, je ne me souviens pas d'avoir été aussi heureuse. Tout était simple, voilà, tout était simple.

Et puis l'année a commencé, tes parents sont partis, nous laissant à nous-mêmes, sans vis-à-vis pour nous admirer, sans preuves à donner, le quotidien a repris ses droits, nos solitudes nous ont éloignés, s'alliant pour s'exclure, et se tenant serrées dans la structure apparente de notre famille.

Il y avait toi, Lucien, mon travail me liait de moins en moins à l'extérieur, je lisais les journaux que tu abandonnais, avec quelques jours de retard, regardais le journal télévisé parce que tu tenais à être informé du cours des choses, de ton pays, du monde, que le cours de la Bourse signifiait quelque chose pour toi, que les noms des personnalités connues t'évoquaient des souvenirs, que tu connaissais certaines d'entre elles, suivant les anecdotes et les ragots dont tes collègues t'entretenaient. Tout cela n'était que du bruit pour moi, je ne me sentais pas concernée, désirant protéger les miens des attaques de l'époque, apeurée en réalité par la brutalité possible de la rue, des images, des films. Tu me reprochais mes goûts fleur bleue, j'étais une bécasse et pourtant si peu sentimentale à tes yeux. Rirais-tu si je te disais que la violence alentour me terrifiait, que les bons sentiments m'étaient un baume ? Je présume que ça paraît cocasse, toi tu n'en pouvais plus de cette petite fille qui n'arrivait pas à grandir, mais tu ignorais que j'étais déjà vieille. Canaliser les tourbillons qui révoltaient mon estomac brûlait l'énergie que j'aurais pu déployer pour supporter le reste, les autres, le monde.

Aujourd'hui ce n'est plus vrai, je me tiens informée, des guerres dans le monde, des morts lors d'élections en Afrique, des batailles politiques, des massacres nouveaux et anciens, des prisonniers politiques, et d'Al Qaïda. L'absolu de mon univers a explosé, je n'ai plus de muraille ni de frontière, j'attends du bruissement des nouvelles qu'il relativise ma présence ici, je me sens moins seule et plus vide, destituée de mon statut de personne, ouverte aux vents qui me traversent sans que j'essaie de les arrêter, je suis craquelée, je fuis, je m'intègre au flux, ma responsabilité s'estompe, je suis un point dans la mondialisation du malheur, une ombre, pas même une erreur, je n'ai plus d'enfant, plus de passé, mes pages tournent, je suis un livre écrit par personne, que personne ne lira, où les lignes s'effacent, bientôt je ne sentirai plus rien.

Au fond ça doit vous plaire de parler de moi. Qui ne cherche pas dans le journal les articles qui me sont consacrés, qui ne s'intéresse pas, qui ne s'interroge pas sur des causes, des raisons, ne cherche pas à comprendre, ne se sent pas écœuré, dégoûté, mais renvoyé à soi, à sa noirceur, à ses possibles ? Moi je les ai accomplis vos possibles, j'ai endossé les crimes de chacun, les velléités, les fantasmes, les désirs profonds inavoués, les refoulés, les lâchetés, les haines. Pour vous je suis passée à l'acte, je suis sortie du champ social, je suis devenue la reine, la folle, la sorcière, ces personnages qu'on peut montrer du doigt avant de rentrer chez soi, soulagé. Aujourd'hui on me regarde, n'est-ce pas ? On me regarde quand je me suis retirée de la scène, lors même que je n'apparaîtrai plus. Tu ne peux plus détourner les yeux, tu ne peux plus faire semblant, aujourd'hui j'existe, mais hier ?

Hier j'existais si peu que mon ventre enflé est

passé inaperçu, à tes mains, à tes yeux, à tout ton être qui m'avait exclue de son champ de vision, avec toi j'ai cessé d'occuper l'espace, il me fallait briser un verre pour que tu lèves la tête. Alors l'espace je l'ai créé vois-tu, à l'intérieur, là où personne n'irait chercher. J'étais ma maison, mon univers, soustraite au regard. J'étais la maison d'un autre, mais pour l'autre comme pour moi il n'y avait plus de dehors possible.

Ils essayent de m'approcher, les journalistes, ils écrivent sur moi, je les embarrasse, je les fascine, je suis leur objet, de sujet il n'y en a plus, un sujet capable de tels actes, il ne peut pas en exister, je suis un déni de sujet, chosifiée, enfermée dans des portraits, prisonnière de conjectures.

Je ne lis pas tout ça, j'attends des lettres qui ne viennent pas, mais il est trop tard pour m'intéresser à l'intérêt que je peux susciter, il est venu trop tard, de la part d'étrangers, de gens que je ne connais pas. Ceux que je connais n'auraient jamais pensé me voir ainsi projetée au-devant de la scène. Les autres m'oublieront, pour vous je serai l'épine dans le pied, le trou noir dans l'histoire et la généalogie, on omettra mon nom, on brûlera les albums, à moins d'en tirer quelques sous en les vendant à des journaux à sensations, on m'effacera de la mémoire de mes fils pour qu'ils renaissent sans histoire, sans filiation. Ma mère a dû cesser d'inviter ses amies au thé de cinq heures, la honte a dû la faire vieillir, l'exclure à son tour de ses petites coteries, c'était bien là la pire chose que je pouvais lui faire, dans sa campagne où la bourgeoisie se repaît des scandales, mais aucune famille n'est allée aussi loin n'est-ce pas, les filles mères, les divorcées, les athées, de la pacotille à côté de mon chef-d'œuvre à moi, à tel point qu'on n'en parle pas, ou qu'on se tait quand elle sort, et qu'elle ne sort plus, enfermée dans ce château décati, les volets clos, les larmes amères, aucun souvenir de moi, les poupées et peluches ont été mises au rebut, mon chien est mort, les employés baissent la tête quand ils la croisent, elle a dû congédier le jardinier, le fermier l'observe avec mépris et un certain plaisir de revanche, elle pourra les lire les volumes poussiéreux de la bibliothèque qui ne sont plus sortis de leur rayonnage depuis que je suis partie. On chuchote dans les chaumières, elle doit bien avoir une part de responsabilité la mère, d'avoir enfanté pareille monstruosité, et on se rappelle des anecdotes qui pouvaient présager du pire, on en invente aussi, cette petite fille silencieuse et trop bien élevée qui n'avait pas d'amis, pas de père, malheureusement insignifiante, si bien qu'on a du mal à se la rappeler, qu'est-ce qui a pu clocher. Et toutes les rancunes remontent les unes après les autres, bientôt la grande dame sera ostracisée, peut-être même devra-t-elle déménager, bannie de son propre monde, de ses repères, de leurs valeurs communes. Le mal est contagieux, héréditaire aussi. Et qu'en est-il de toi, au milieu de ces hommes de lettres, certains doivent trouver ça intéressant, tes auteurs surtout qui ont soudain grâce à tes yeux parce que leurs failles acceptent l'inacceptable, qu'il y a toujours du littéraire dans le crime, que tu prends une dimension que tu n'avais pas, lisse, patron, autoritaire et charmant. Mais tes collègues, ceux qui font le même métier que toi, les financiers, les comptables, comment te regardent-ils aujourd'hui, comme une victime ou un complice ? Te plaignent-ils ou n'osent-ils plus te serrer la main de peur d'attraper le mal ? Et mes enfants, dans leur école, qui leur tourne le dos, les maîtresses, les élèves, les messes basses vont bon train, ce sont des rescapés, ou des parias ?

Tu bois moins de champagne depuis quelque temps, tes amis de beuverie ont des doutes, tes assistantes te trouvent moins attirant, ta séduction en a pris un coup, comment vas-tu débaucher les auteurs des autres, parles-tu, fais-tu semblant que tout va bien – une vieille habitude – ou prends-tu sur toi, comme si rien de cela ne te concernait, jouant ton rôle de père héroïque face à l'adversité. Martyr enfin, mais peut-être pas comme tu le souhaitais, pour une fois tu ne contrôles plus, j'influe sur ta vie inexorablement, tu ne peux plus m'échapper.

Je t'imagine seul le soir devant un verre de whisky. Peut-être n'es-tu pas seul, une assistante plus attendrie, plus courageuse que les autres te le sert, ton whisky, avant de te faire réchauffer un ragoût, de t'enlever tes chaussettes et te masser les pieds, puis te faire l'amour, lentement, amoureusement, infirmière dans l'âme, guérisseuse, mère des causes perdues, tu as bien dû l'utiliser ton statut d'homme abandonné par le sort, me remplacer au pied levé, n'était-ce pas ce que tu attendais depuis longtemps ? Comment le saurais-je puisque tu ne réponds pas, que tu ne viens pas, que tu refuses qu'on me donne des nouvelles, te verrai-je au procès, au bras d'une jeune blonde de dix ans ta cadette, qui te soutiendra quand tu feras mine de flancher, te tiendra la main bien fort, et tapotera la tête de mes enfants, puis leur achètera des sucettes pour qu'ils oublient ces images traumatisantes, mon visage, mes regards vers eux, implorant, demandant pardon, vous leur paierez une psychanalyse pour qu'ils ne se mettent pas à voler, à vendre de la drogue et à en consommer, pour qu'ils ne tuent pas les petits garçons sages qu'ils ont été, devenant des adolescents rebelles, suicidaires, mes enfants. Tu les lui donneras, tu les lui offriras, elle qui n'a pas encore enfanté, et qui le redoute un peu, cette histoire est compliquée pour elle, il va falloir être fort, vous aimer beaucoup, tu lui promettras que personne ne lui fera de mal, qu'à vous deux vous pourrez reconstruire à partir de zéro, et si les enfants sont trop encombrants tu les enverras chez ta mère, te débarrasser de tout ce qui vient de moi, éloigner d'elle la poisse, le souvenir, changer d'appartement, vendre les meubles. Mes habits, tu as dû les donner à une association quelconque, prenant bien soin d'en effacer la provenance, qui voudrait mettre les vêtements d'une criminelle, ou peut-être les as-tu seulement jetés, avant de te laver les mains à l'eau de Javel, pour que rien ne reste, les microbes sont tenaces, les odeurs aussi. Tu devras réinventer une histoire, tu te feras aider, changer d'identité te sera un soulagement, la précédente n'avait rien d'heureux, tu crois qu'on peut changer, tu crois qu'on peut laisser derrière soi, mais qui dit qu'au bout de quelques années tu la regarderas encore ta blonde, qui dit qu'elle n'oubliera pas d'éponger la table de la salle à manger, de trier ton courrier, d'élever tes enfants, d'autres, plus mignons, moins pleurnichards, qui dit que tu ne lui demanderas pas de se taire quand vous sortirez, puis quand vous rentrerez de se taire tout court parce que tu n'en pourras plus des banalités qu'elle aligne, de sa vulgarité, de son inculture, tu en trouveras d'autres des amis célibataires avec qui tu pourras célébrer les salopes sans même les toucher, sans les payer non plus parce que ce n'est pas ton genre, trop élégant pour ça. Tu lui demanderas de s'acheter de la lingerie pour qu'elle t'excite un peu, avec ses formes ramollies, son trop gros cul, elle se laisse aller déjà, approche la quarantaine, ne travaille plus, ne voit plus d'homme, ne parle plus à sa famille, fait les courses, mange et boit pour passer le temps, ne rentre plus dans les robes que tu lui as offertes dans les premiers temps, et t'ennuie à mourir. Tu rentres de plus en plus tard, mais comment peux-tu tenir ? Crois-tu que tu échapperas à la répétition, crois-tu que j'étais seule en cause, que c'est ma faute si notre vie est devenue celle-là qui pouvait accueillir le forfait ? Changer de femme, changer de vie, mais toi, tu changeras ? Je te regarderai vieillir de loin, moi déjà presque morte, les cheveux blancs avant l'âge – et il n'y a pas de teinture en prison –, je recueillerai les bribes, ce qu'on voudra bien me raconter de l'extérieur, je paierai s'il le faut, je finirai par avoir gain de cause, ta mère cèdera, m'enverra des lettres anonymes dont elle ne te parlera pas, des petits mots, un livre que tu auras édité, je trouverai bien un de tes auteurs dont la perversité est corruptible, et qui me racontera des anecdotes, je lui donnerai même des histoires à écrire, j'essaierai de répondre aux questions qu'il ne manquera pas de me poser, en échange de nouvelles, mon temps passera plus lentement que le tien, la folie peut m'être une fuite, mais je ne crois pas pouvoir devenir folle, ce serait trop simple n'est-ce pas, il n'y a pas de raison pour que tu sois seul à souffrir. Qui habitera ma solitude, sinon lui pour qui je suis là, qui me tiendra compagnie, sinon ces absences que j'ai senties en moi, si chaudes, et mes souvenirs, des photos des garçons, souriant, les deux dents du haut manquantes, les taches de rousseur égayant les joues, les yeux malicieux, brillant de jeunesse, et non d'insouciance. Je les imaginerai grandir, leur faisant pousser les cheveux, rajoutant les dents au Tipp-Ex, puis un peu de barbe, comme on le fait des enfants disparus, par la grâce d'ordinateurs performants. Je les accompagnerai de mon silence, je les protégerai par des rites magiques, des prières, un jour peut-être viendront-ils me voir, je ne suis pas contre la peine de mort en ce qui me concerne, toi non plus n'est-ce pas.

Je n'ai pas besoin d'un procès, mon seul espoir est de les apercevoir, mais vous ne les amènerez pas, je préfère rester là, ne plus bouger, ne plus parler, éviter ton regard, celui des autres, peut-être ne viendrez-vous même pas, passés à autre chose, déjà. Ici on me bouscule, on m'insulte, on me pose des questions, je ne réponds pas. Les détenues finiront bien par se détourner de moi, je sais qu'elles me haïssent, mais le crime est banal, même si le mien est spécifique, même si le mien les fait apparaître à leurs yeux comme de vulgaires délinquantes. Ici aussi je suis un monstre. Et cela me convient, à quoi servirait que je les fasse changer d'avis, et comment pourrais-je le faire. Les coups ne me font pas mal, ça les irrite de ne pouvoir m'atteindre, mais si elles savaient comme l'humiliation est loin derrière moi, combien j'ai déjà dépassé tous les stades de l'humainement inacceptable. Bientôt elles se détourneront, pour le moment, j'attire l'attention, je fais la une des médias, j'exerce une fascination, même négative, et j'en tire le seul pouvoir que j'ai jamais eu.

Si j'apprenais la sagesse m'en haïrais-tu d'autant ? Je profite de cette heure où je me sens apaisée, pour te le dire, dès que le soleil tombera, je redeviendrai celle d'avant et j'effacerai ces lignes rageusement, ou mangerai le papier, pour que ça me tienne au corps, à défaut d'autre nourriture, manger ses mots et ses regrets, je ne suis plus bonne qu'à cela.

Je n'ai plus mes règles, trop de sang s'est échappé, il a pris mon sang, s'en est nourri, je suis asséchée, et cela ne pose pas de problème n'est-ce pas, à quoi peut servir mon ventre aujourd'hui, est-ce que j'ouvrirai les cuisses encore une fois ? La plaie est fermée, je suis obstruée, plus rien ne sortira de moi. Ce qui me manquera, c'est la douleur, la peau tendue juste avant les menstrues, ce poids qui vous fait être une femme, qui vous rappelle à votre fonctionnement, ce fonctionnement qui définissait mon identité, ma sexualité, ma maternité, ce mécanisme qui me rassurait en me certifiant que j'étais normale, et j'étais en quête d'indices de normalité. Que je ne sois plus normale est un châtiment mérité, si je ne sers plus à cela alors je ne sers à rien, si la machine ne produit plus c'est qu'elle est obsolète, usagée, je suis usagée, il vaut mieux, j'étais détraquée avant la rouille. Ma production s'est annulée, alors que mon corps soit anémié, inerte, hors d'état, est une bonne chose pour la société n'est-ce pas, hors d'état de nuire, hors d'état d'enfanter.

Hier soir ils ont servi des œufs, comment peuvent-ils imaginer que je vais avaler ça ?

J'ai beaucoup de temps. Du temps devant moi, en même temps que moi, du temps à tuer, c'est drôle hein, je n'ai donc pas fini. Des enfants font vite passer le temps. Même la faute ne vous prend pas autant. Vous attendez tous que je crève, qu'un mal profond me ronge, de l'intérieur, mais il n'y a que du bien qui s'est lové à l'intérieur, c'est l'extérieur qui est dangereux, mauvais.

Gustave avait les bronches fragiles. Il toussait, il avait des poussées de fièvre qui me terrorisaient. J'étais à ses côtés alors, toute la journée s'il le fallait, lui faisais prendre des bains, le couchais sur mon épaule, lui caressais les cheveux, il pleurait. Tu rentrais, furieux que ton fils soit malade, peut-être était-ce une forme d'inquiétude. Et les médicaments tu t'y connaissais, transportant une mallette de survie partout où tu allais, consultant les pharmacies, les spécialistes, sur le qui-vive, toujours. Tu me demandais, hors de toi, si je l'avais amené chez le pédiatre, sachant que non, bien sûr, et tu avais raison, non bien sûr je n'étais pas allée chez le pédiatre, parce que moi, les pédiatres, ils me faisaient peur, jugeaient de l'état de mon fils, me posaient des questions indiscrètes, soupçonnaient peut-être des choses non soupçonnables, se faisaient des idées. Eux, ils étaient l'extérieur, le mal, le danger, leur confier mes fils c'était me mettre à nu, nul regard ne devait se poser sur nous, pour juger, que ce soit cliniquement moralement que sais-je, nul regard. J'avais honte avec mes vieux vêtements dans ces salles d'attente où des mères jeunes et jolies discutaient entre elles, racontaient leur dîner de la veille, laissant leurs enfants jouer avec les jeux communs, sales, tu ne m'aurais pas contredite, des jouets que tous les enfants du quartier tripotent, lèchent, les doigts et la langue pleins de microbes, elles discutaient aimablement avec le médecin, lui serraient la main, on aurait dit qu'ils étaient amis, ou du même monde, ou se comprenaient à demi-mot, elles obéissaient à leurs conseils, elles obéissaient parce qu'elles faisaient partie de ce monde, parce que leurs enfants n'avaient pas à avoir honte, ni à trahir, ni à baisser la tête, qu'ils pouvaient se permettre d'être mal élevés et de pleurer quand le médecin les palpait, leur enfonçait dans la gorge des bâtons en bois et leur malaxait le thorax. Elles s'en fichaient n'est-ce pas, elles acceptaient les façons de faire, le rituel, la règle. Et elles réglaient justement avec leur propre carnet de chèques, non celui de leur mari, se précipitant à la pharmacie pour acheter les médicaments qu'elles leur donneraient le soir même, et leur mari les rassurerait, en leur disant : Tout va bien chérie, ça va passer. Ma main raide, mon regard apeuré quand j'entrais dans ce cabinet, l'hostilité immédiate du médecin qui flaire, le soupçon dans sa voix. Ma haine, ma colère, alors oui ma colère elle qui jamais ne prenait langue, et là encore se taisait, mon silence alors, les oui oui bien sûr, je lui donnerai ça et ça, mais les ordres aussitôt oubliés, l'incapacité à m'arrêter à cette pharmacie du coin, dont tu connaissais pourtant bien le propriétaire, qu'avaient-ils à savoir sur mes fils, leur état de santé, ils ne m'étaient rien tous ces gens, leur connaissance m'était une intrusion. Et si je les achetais, je ne leur donnais pas, ni la pommade ni le sirop, ces corps étrangers, dont on n'est jamais sûr, on l'a vu déjà ce produit utilisé dix années de suite et révélé nocif, mes enfants n'y toucheraient pas, ils savent bien se défendre tout seuls. Tu les laisses crever, c'est ça que tu veux, c'est quoi ton problème, une mère irresponsable, incapable d'affronter la maladie, de la soigner, tu veux leur mort, leur mort. Ah non, je n'ai jamais voulu la mort de mes enfants, d'aucun d'entre eux, mais la médecine était ton amie, pas la mienne, pourquoi n'y es-tu pas allé toi, chez le médecin, tu les aurais aimés ses conseils, tu lui aurais posé des questions pour montrer ta science, prouver que tu n'es pas dupe mais passionné, qu'il n'a rien à t'apprendre mais que vous parlez le même langage, tu les aurais drogués mes fils si je t'avais laissé faire, alors je m'opposais passivement à ces médications, te mentant parfois, c'est vrai. Ils finissaient par guérir, plus forts que la médecine, m'aimant suffisamment pour me donner raison. Ils détestaient les dentistes médecins infirmières, en avaient peur, je leur avais appris à protéger leur vie privée, à l'école ils ne racontaient rien, tu peux me faire confiance, je les connais mes fils. Jamais d'amis à la maison, pas un petit camarade égaré qui aurait dormi dans leur chambre pour discuter jusqu'à trois heures du matin. Nous n'en avons jamais parlé, j'ai devancé tes souhaits. Comment accueillir un autre enfant ici, pour qu'il raconte à ses parents ce qu'il s'y passe, pour qu'il pleure, téléphone, ou fasse entrevoir à tes fils un monde si merveilleux qu'ils ne voudraient plus y rester, à la maison. Alors pas d'amis, eux aussi nous couvraient, les enfants nous couvraient, les enfants couvraient leurs parents et leur monde et leur appartement et ils n'auraient laissé personne y entrer. Ils étaient entre eux, cela suffisait. Entre eux et avec moi, et nous étions solidaires. Ils ne m'ont jamais demandé, m'ont offert ce soulagement, parce que te demander à toi aurait été impossible, nous en convenions silencieusement. Peut-être nous sommes-nous tous trompés, et si tu avais dit oui, il n'y a aucun problème, et si tu avais accueilli à bras ouverts une classe entière pour l'anniversaire de Lucien, le petit copain de Gustave pour qu'il dorme sous sa couette avant de terminer les devoirs, et si tu n'étais pas celui que nous croyions, que je leur aie menti, qu'ils m'aient fait confiance, que nous ayons tous fait corps pour te protéger alors que tu n'en avais peut-être pas besoin, ni envie ?

Que font-ils aujourd'hui ? Sont-ils avec toi, chez ta mère, as-tu accepté que les camarades entrent, pour qu'ils jouent, qu'ils oublient, qu'ils soient comme les autres ? Mais quels camarades voudraient entrer, franchement, quelle mère assez stupide les laisserait venir, il y a des amitiés vénéneuses, c'est l'âge dont il faut se méfier. Ils sont toujours aussi seuls, bien soignés je n'en doute pas, mais seuls. Isolement *sanitaire*, nos fils en quarantaine, ils ont l'habitude.

Tu vas les rendre comme toi-même, méfiants. Ils ont de quoi se méfier, au premier chef de leur mère, après cela, comment faire confiance ?

Envoie-les en colonie de vacances, sous un faux nom, ils s'habitueront au faux nom, c'est comme un jeu, je suis Pierre tu es Simon, un jeu de rôle, on peut même être orphelin, c'est toujours mieux qu'être fils d'infanticide. C'est toujours mieux qu'être fils. On est grand quand on est orphelin, et on est à plaindre. J'en ai parfois rêvé, que ma mère disparaisse, non que j'eusse souhaité sa mort, c'était juste pour le statut tu comprends, la commisération, toujours cette commisération. Je ne savais pas qu'être plainte c'était aussi être haïe, mais peut-être y a-t-il un moyen d'être plainte sans être haïe, je ne sais pas.

Tu ne sais pas non plus. Être craint sans être haï, être sans être haï, nous ne savons pas.

Un soir, nous sommes allés dîner avec des amis à toi, Lucien venait de naître. Tu m'as appelée à sept heures pour me convier dans ce grand restaurant. J'avais envie de te rejoindre, pour sortir, me vêtir, me maquiller, depuis six mois je m'éveillais plusieurs fois par nuit pour lui donner le sein, m'habillais le moins possible la journée pour ne pas avoir à me changer dix fois, le lait de mes seins traversait le soutien-gorge, les chemises, les renvois de Lucien salissaient mes épaules, je lavais plusieurs fois par jour ses vêtements et les miens. J'avais besoin de redevenir séduisante, un soir au moins. Mais à sept heures, qui appeler pour venir le garder ? Lorsque je t'en ai fait la remarque, tu m'as simplement dit d'accord, si tu n'y mets pas du tien on n'y arrivera pas. Tu te plains d'être enfermée à la maison mais, dès que je te propose de sortir, ça devient un problème. Alors j'ai fait le tour des amies, connaissances, qui pourraient me donner des numéros de baby-sitter, et à neuf heures et demie j'ai enfin trouvé quelqu'un, que je ne connaissais pas, à qui je laisserais mon enfant quelques heures, me séparant de lui pour la première fois. Je ne t'ai pas dit le sacrifice, l'angoisse, je ne voulais pas gâcher ton dîner, et je suis venue, déchirée, après m'être cependant apprêtée. J'ai pris le métro et vous ai rejoints, essayant de ne point penser au berceau, à la maison, à toutes les possibilités d'accident, à ses pleurs, à ses appels.

Qu'est-ce que t'as fait aujourd'hui pour être aussi belle ? T'as vu un amant ou quoi, mais il faut que tu le voies plus souvent, me susurres-tu à l'oreille. Non bien sûr, je ne voyais personne, je n'ai jamais vu personne. Mais j'étais lumineuse, c'est vrai, parce que soudain, dans ce grand restaurant, sous les lumières tamisées, j'ai profité de chaque regard pour me sentir exister différemment. J'avais besoin de me rassurer, mon corps avait repris ses formes, je pouvais à nouveau aspirer à être considérée comme une femme aussi bien qu'une mère. Alors, quelles sont les bêtises que t'as faites ? Deux heures pour te décider à venir, t'as eu le temps de bien t'amuser n'est-ce pas ? Tu me faisais rougir, je devais faire bonne figure vis-à-vis de tes amis qui me complimentaient sur ma robe. Et j'avais honte soudain de paraître enjouée, mais il le fallait, sans quoi que m'aurais-tu reproché d'autre ? Il t'a bien baisée, ça t'a fait du bien en tout cas, t'as l'air tout à fait épanouie, qu'est-ce qu'il t'a fait que je te fais pas ? Tu l'as sucé ? C'était comment ? Non, c'est pas possible que tu sois aussi belle. Ni hier ni avant-hier, un type un peu costaud et pfuit, plus de cernes, plus ta sale gueule, j'espère juste que c'était pas dans notre chambre. – Arrête, murmurai-je, je t'en supplie arrête. Mais tu me caressais la jambe en même temps, comme si l'idée que je te trompe t'excitait réellement. Ça fait combien de temps que t'as pas été aussi jolie ? Est-ce que tu l'as déjà été ?

Les autres me disaient que la maternité m'allait bien, toi tu avais besoin de certains détours pour me faire un compliment. Et je l'entendais, malgré tout, ce compliment, je savais en profiter, en tirer quelque gloire le temps que tes amis nous protégeaient, nous inscrivaient dans un contexte social, civilisé. Parce que je voyais bien que tu tirais une certaine fierté de mon rayonnement, et je soupçonne que tu en fus flatté, que tu t'en vantas auprès d'eux, après, plus tard, quand je n'étais plus là.

Nous sommes rentrés en taxi. Lors du trajet, mes pensées allaient à nouveau à Lucien que j'avais réussi à oublier pendant deux heures, grisée par le décor. Nous nous taisions, tu devais bien sentir que je n'étais plus avec toi, tes doutes en prirent bonne part. Lorsque nous sommes arrivés, je me suis précipitée vers la baby-sitter que tu as regardée, d'un œil noir. Lucien pleurait, elle ne savait que faire. Je l'ai pris dans mes bras, j'ai tenté de le calmer. Tu m'as demandé si je comptais la payer. J'ai alors puisé dans mon porte-monnaie le billet qui restait, et qui ne suffisait pas. D'un geste grand seigneur, mais en soupirant, tu as complété, et tu l'as renvoyée.

À peine la porte fermée, tu m'as demandé si je n'étais pas folle de laisser mon fils à une parfaite inconnue. J'ai commencé à protester, mais Lucien pleurait de plus belle. J'étais paniquée. Tu l'as pris à ton tour, l'éloignant de moi pour le calmer, mais rien n'y faisait. Ses dents commençaient à pousser, ses joues étaient roses, j'ai cherché du Doliprane dans la pharmacie. Tu l'avais allongé sur le lit et tâtais son ventre. Ce gosse a mal, tu vois pas, ça fait deux semaines que je te dis de l'amener chez le médecin, s'il a une crise d'appendicite ça peut devenir très dangereux, tu t'en rends compte n'est-ce pas, c'est quoi cette manie de ne pas l'emmener consulter quand je te le demande ? Qu'est-ce que tu veux, qu'il soit malade, c'est ça ? Je n'avais rien à répondre, tu m'avais parlé du médecin deux jours avant, mais nous étions samedi, le pédiatre n'était pas libre, je n'avais pas su insister, certaine qu'il ne s'agissait que des dents. Je crois que j'avais raison. Tu t'es couché, me laissant le calmer, écœuré par mon irresponsabilité. Avant de fermer la lumière, j'ai juste entendu tes mots : si ce gosse meurt, je te crève.

J'ai froid, l'hiver arrive. C'est mal chauffé ici. Les enfants ont-ils de nouveaux vêtements, les anciens doivent être trop petits. Plus rien ne protège mon corps, ni graisse ni vie intérieure, les murs sont humides, mal isolés, il me faudrait un bon pull, peux-tu me l'envoyer ?

J'irai bientôt à l'infirmerie, quand ils se rendront compte que je ne m'alimente plus. Qu'est-ce qui résiste en moi, quelle force produit mon corps pour qu'il ne tombe pas, quelle puissance m'anéantit en me gardant en vie ? Le souvenir peut-être ? Ma chair me fait violence en m'imposant sa santé. Comme c'est drôle, la santé, j'en déborde et elle me contient.

Mes os sont poreux, je mets deux paires de chaussettes pour dormir, les garde pendant la journée, personne n'ira respirer les pieds et moi les odeurs ne m'incommodent pas. Mes doigts sont bleus, d'un bleu pas encore mort, d'un bleu de froid, d'un bleu gardé, fixé, j'évite de les agiter pour observer la couleur, la lumière des doigts engourdis, une sorte de transparence, la peau diaphane, rougie aux articulations, puis blanche. Bientôt je ne les sens plus, et c'est tout un travail de ne plus sentir le corps, on croit qu'en l'affamant, en le soumettant au froid, il se spiritualise, on croit qu'en niant la matière elle s'évanouit, comme ça, mais c'est le contraire qui arrive. Je voudrais me purifier, tu comprends, et je rêve de bœuf mode, d'éclair au chocolat, de ponchos en cashmere. Tu me dirais que mes rêves sont à la hauteur de mes aspirations, ils en sont l'inverse, l'ironie, me rappellent à ma chair, avec cette cruauté de l'indifférence. Contre eux je ne peux rien, chaque coup asséné à mes organes se transforme en désir de jouissance. Cette promesse de jouissance qui à l'aube redevient souvenir, souvenir d'un temps qui n'a pas existé, on peut n'est-ce pas avoir des souvenirs de ce qu'on n'a pas vécu ?

Les rêves répondent aux rêves, je n'ai plus grand-chose à leur opposer, ils dialoguent et travaillent, montent l'appétit contre moi, j'ai eu envie de me branler à cause d'eux, je ne l'ai pas fait, j'ai juré. Que tiennent les promesses quand la nuit s'y met, les images me débordent, je ne les contiens plus, mon seul succès est d'avoir anéanti ma capacité gestuelle, l'énergie du moindre effort, ce qui empêche le passage à l'acte et circonscrit au délire mes désirs irrespectueux. Les sentiments je les laisse aller, eux ne peuvent que me faire du mal, alors je les accueille, je les choie, leur objet a disparu, l'amour de mes fils me tient lieu de fils, c'est peu, mais c'est ma raison d'être.

J'ai mal au dos, mal au ventre, mal aux jambes, des fourmis dans les bras, des rongeurs, des prédateurs, ou juste des charognards. Dès la tombée du jour, je les entends voler au-dessus de moi, se transformer en larves qui me pénètrent par les pores de la peau, et me dévorent de l'intérieur, comme ces enfants d'Égypte qui passent leur journée dans l'eau du Nil dont on dit qu'elle est infestée de vers qui s'infiltrent et rongent, et le corps loge ses ennemis qui en font leur festin. Les jambes grignotées, puis les ovaires les intestins et toute chair vivante qui nourrit une autre matière vivante. J'ai peur des serpents, parce qu'ils tuent sans pénétrer même s'ils en ont l'air. Et les fourmis ne butinent que les corps morts ou peut-être sont-ce les abeilles qui butinent, mais les fleurs. Je les entends en tout cas, l'autre appelle ça des acouphènes, il faut toujours des mots scientifiques, des dictionnaires, des manuels de médecine. Des acouphènes pour dire ce qu'ils n'entendent pas, même avec des appareils, ils croient que les appareils capturent le corps, mais qui est dedans ? qui est dans les appareils ? personne, personne ne vit à l'intérieur des appareils, et je vais mal.

Je voudrais que tu sois là à mon autopsie, et que ton scalpel comprenne quelque chose que tu voulais connaître, comme c'est drôle, ce scalpel qui ne te dira rien. Plante-le toi dans le cerveau et le cœur s'il t'en reste et regarde puisque tu n'as jamais su regarder de l'intérieur. Mon corps est objectif, il a su objectivement enfanter, accroître, fructifier, tu pourras y trouver tous les fœtus que tu voudras, tu ne comprendras pas. Je les vois les médecins qui font la queue chez moi pour que je leur serve des explications, par les mots, les phrases, les moues et les rictus, mais rien ne vient, pourtant leur interprétation est prête, je n'ai plus qu'à m'y couler, mais c'est plus fort que moi ce masque, il n'y a rien à comprendre. Tu attends obstinément, tu espères, c'est ta foi en la raison qui te perdra. Dans ton système, quelle est ma place, notre place, la mienne, mon enfant et mon acte ? Aucune que tu puisses assigner, je suis ton échec, la toute-puissance de ta maladie ne vaincra plus la mienne.

Je t'ai battu, je t'ai surpassé, j'ai détruit tes repères et l'étalon de tes jugements, pour le placer plus bas, encore, et tu oscilles entre la satisfaction parce que je t'ai donné raison, et la fureur parce que j'ai surpassé tes pronostics.

Et je ris, sans pouvoir m'arrêter, le rire aussi est un effet de mon corps qui est malade pour vous pour eux, le rire comme un symptôme, un symptôme somatique, mon corps meurtrier créateur, mon corps que seul concerne cette histoire et que vous voulez me prendre.

Pas d'énigme à percer, sans protéine sans vitamine rien à capturer dans les rets de la police scientifique, psychanalytique, juste un corps qui a faim. Je me fous bien de la justice et de vos hypothèses, quand mon corps ne sera plus, vos interrogations persisteront, et ce me sera une joie, parce que avec elles il durera lui aussi, dans des mémoires et des comptes rendus.

On peut toujours souffrir plus que toi et te le prouver. Tes armes alors mises à mal. Ta logique explosée, mes reins et estomac s'amenuisent, contre ta logique, ils y prennent du plaisir. Tu ne connais pas le plaisir, parce que ni tes organes ni tes sens n'ont jamais vécu, contre un danger tu es devenu danger pour les autres, mais les autres ne t'auraient jamais sauvé de la dilapidation. Tu bois du whisky avec tes amis pour te saouler, tu ne sais même pas quel goût il a ton whisky, tu fais l'amour par devoir et vengeance, tu crois que baiser une femme, c'est lui faire du mal quand tu n'en fais qu'à toi-même, jouir est une punition que tu ne t'octroies pas et pourtant les punitions, ça aurait pu te plaire. Jouir de crever, de faim et de désir, la jouissance peut aussi être dans l'attente ou le souvenir, jouir d'avoir été grosse, de vie et de pulsion, tout ce qui te sera refusé, le secret que tu ne trouveras pas, dans mes entrailles éventées. Je t'attends avec ton scalpel de dernière heure, tu me fais rire va, j'attends la sécheresse pour que ma momie ne te fasse pas vomir. Plus rien de ma peau de mes liquides de mes matières fécales, plus rien de dégueulasse et de vivant pour ton œil d'expert qui pourra se réjouir d'autant de pureté, décharnée je serai, comme ultime preuve de mon dévouement. Tu le croiras alors, que je t'aime.

Deux jours à l'infirmerie, on dit que j'ai déliré, mais j'aimerais savoir ce qu'on entend par là. Ils m'ont nourrie comme on nourrit un fœtus, directement de sang à sang, puis à la cuiller, j'ai joué au bébé, j'avalais sans me servir des dents, je déglutissais, avalais, souriais parfois, reconnaissante qu'on s'occupe ainsi de moi, sans prononcer de mots, juste des sons, dont je me souviens, des borborygmes, que l'infirmière était bien obligée de comprendre.

Quand j'ai pu parler, je lui ai juste demandé si elle avait des enfants. Elle m'a répondu avec un grand sourire que oui, deux, de onze et quinze ans, puis son sourire s'est figé, ses yeux se sont glacés d'effroi, elle ne l'a pas vu tout de suite, mais moi oui, à qui parlait-elle ainsi d'enfant ? À une meurtrière, à une mère qui tue ? Croit-elle que c'est contagieux, et qu'une mère qui tue n'est pas une mère ?

Je la dégoûtais, j'ai bien senti que je la dégoûtais, et j'aurais voulu disparaître, qu'elle me regarde avec cette même bienveillance qu'elle avait pour me nourrir, des gestes malgré elle, des gestes de mère, parce qu'on est mère malgré soi et quoi qu'on ait fait. Alors je me suis tue à nouveau, plus facile d'être nourrisson, je n'ai jamais demandé à être responsable, ni adulte, ni à vivre n'est-ce pas. De quoi peut-elle m'en vouloir, de quoi pouvez-vous tous m'en vouloir, c'est moi que j'ai poignardée, les mères se sentent solidaires, les mères s'éveillent à mon contact, les femmes sont toutes des mères à mes côtés, prisonnières, gardiennes, infirmières, quels que soient les crimes commis. Elles ont tué leur mari, se sont prostituées, droguées, elles ont égorgé, insulté, mais elles sont mères, cette supériorité qu'elles se croient sur moi, dont elles m'écrasent, avec dégoût, et haine aussi, avec mépris. Je suis leur monstre, leur repoussoir, à mes côtés, elles aiment si fort tout ce qui a pu sortir de leur ventre, même si elles l'ont abandonné, laissé traîner dans la rue jusqu'à des heures indues. Mes fils se sont-ils jamais couchés après dix heures du soir, ont-ils manqué de quoi que ce soit, leur ai-je jamais préféré une seringue ?

Et pourtant je les rends pures, droites, d'un amour douloureux, je suis leur douleur, leur souvenir de plénitude, je suis leur ventre en manque, leur chaleur désertée, leur fusion éclatée. Je suis leur regret, mais elles ont droit à la rédemption, parce que quelque part une petite part d'elle-même les attend.

Il est possible de plaider la folie. Je ne suis pas folle, ils le savent, tout ce que j'ai fait était nécessaire, je n'ai été qu'actrice, partie prenante, la passante. J'ai obéi à notre logique. Tu me reproches d'être allée jusqu'au bout, là où tu voulais que j'aille, ou de n'avoir pas compris, de ne t'avoir pas compris, d'avoir transformé tes mots en actes. J'ai fait ce qui était possible, ce qui était possible dans ma vie, la nôtre, dans la place que j'occupais et qui n'en laissait pas d'autre, et j'aurais pu arrêter au début, avant, pendant qu'il était là, à l'intérieur, mais tu es contre l'avortement. Moi aussi. Comment peut-on, dans le ventre, arracher la vie, qu'un homme, qu'un étranger, intervienne dans votre corps ? Il n'y a que celui qui aime qui peut donner la mort, parce que c'est encore donner, et non enlever, retirer et punir. C'était un don, et je ne suis pas folle, mon don à celui qui existait déjà, on ne donne pas à ce qui n'existe pas encore, on donne on prend et on garde, on donne pour garder et tu n'aurais rien su, tu aurais pu ne rien savoir, ils auraient dû ne rien savoir, leur savoir nous salit, leur savoir me transforme, leur regard n'est pas juste, ma justice est autre part, pas dans la vie non, quelle justice m'a-t-elle prouvée, pourquoi la justice aurait quelque chose à voir avec la vie ? Qui doit en décider, toi qui seras dans la salle d'audience, ou moi qui serai l'accusée. Je suis coupable et je veux bien reconnaître la loi parce qu'elle m'est une référence, un point d'appui, pour me soumettre et tu sais combien j'aime me soumettre et lorsque je ne me soumets pas je fais des bêtises, mais la loi est arbitraire, parce que je ne sais pas au nom de quoi elle est loi, parce que je ne connais pas de nom, que mon nom est le tien, par les liens du mariage, et que je ne reconnais que celui-là. Parce que ta loi n'est pas la leur, mais tu trahis en te mettant de leur côté, même si je sais que tu as toujours été de l'autre côté, jamais du mien, mais ce contre était une proximité, notre étroitesse, notre couple, ce contre qui aujourd'hui nous sépare alors qu'il avait été notre lien.

Je ne comprends plus ta règle qui devient celle du monde, de l'extérieur, tu es passé à l'ennemi, nous étions de si proches ennemis, ennemis à nous-mêmes, mais nous-mêmes nous suffisait, nous pouvions tout cacher aux autres, leur existence était notre angoisse, leur angoisse a surpassé la nôtre et tu l'as faite tienne.

Je suis seule. Même habitée, même mère, je suis

seule, mes enfants ne connaîtront pas mon prénom, mes enfants oublieront, ou n'oublieront pas mais ce serait pire, je veux bien mourir s'il le faut, je n'ai pas peur, c'est la solitude qui me terrifie. Et je ne t'appelle pas, je sais que tu n'aimes pas ça, qu'on te demande de l'aide, ça te met mal à l'aise, même si ça te flatte, je ne te demande rien, je voudrais que tu te souviennes, et sans doute te souviendras-tu, parce qu'on n'oublie pas une infanticide quand elle a été votre femme.

Je suis fatiguée, mais pour moi la fatigue n'est plus un problème, toi elle t'accompagnera, je veux que ma fatigue t'accompagne, te pèse, ressemble à une réminiscence, permanente, éternelle, la réminiscence de ton nom, taché irrémédiablement.

J'ai envie de vomir, mais rien dans le ventre.

Tu croyais avoir détruit mon pouvoir, tu m'as haïe enceinte parce que j'avais ce que tu n'avais pas, je vivais ce que tu ne vivrais jamais. Non que tu aies désiré la connaître cette joie, c'était ma joie que tu ne supportais pas parce qu'elle n'était pas partageable, parce que tu ne pouvais pas mettre la main dessus. Je l'ai bien vu, à ton air d'indifférence – si rare chez toi l'indifférence, la vraie, le désintéressement, l'absence d'envie. Je t'ai fait envie. Sous tes phrases qui soulignaient avec colère mon laisser-aller, mon ventre, mes seins, mes cuisses grossies sous l'effet des hormones, mes doigts gonflés que tu disais immondes, tu voulais l'arracher la bague, juste pour vérifier qu'elle ne s'enlèverait pas, les bourrelets de chair autour de l'or qui la rendaient obscène, cette alliance qui nous liait plus que jamais, parce que ma chair l'enserrait, et si ma chair l'enserrait c'est qu'une autre chair grandissait en elle, une chair partagée celle-là, cette fois, la tienne un peu, mais qui était en moi, j'avais en moi un peu de toi que tu ne pourrais pas m'enlever, tu étais pris.

Bientôt il rentrerait en moi, l'anneau, comme celui qui entoure le tronc d'arbre, avalé, digéré, disparu. J'avais dévoré notre union, elle m'appartenait. Il n'y avait plus rien à défaire qui ne l'eût déjà été, le reste était de l'indestructible, le noyau de ta perte et de ta castration, l'épreuve de ton impuissance. J'ai tellement aimé être enceinte. Et faire ce que je veux.

Il y a paraît-il d'autres possibilités de vie, tomber amoureux, voyager, changer, rompre, recommencer, je n'ai jamais rien recommencé, j'ai continué, sans réfléchir, sans vouloir croire qu'autre chose était possible, ça aurait été trop dangereux, tu me protégeais, et même si nous avions atteint les bas-fonds, ils m'auraient encore protégée, parce que je les connaissais. Je m'y sentais chez moi, il a toujours fallu que je me sente chez moi, sans quoi j'avais peur, l'angoisse pouvait avoir raison de la mienne de raison, ici je prends mes marques, je commence à m'y sentir bien, je recrée mon cocon, la haine des codétenues ne m'impressionne pas, elles ignorent qu'au contraire elle me rassure, les horaires aussi me sont confortables, s'ils changeaient ils le seraient encore, il suffit qu'ils soient des horaires.

Tu as cru que j'allais devenir folle, ici, ailleurs,

avant, demain, mais tu vois j'ai toute ma tête. Je sais que tu ne regrettes rien, que tu enrages, seulement, oh je sais comme tu rougis de haine et d'impuissance, tu es un homme qui n'a pas aimé être un homme, et toutes tes terreurs te rattrapent, te retombent sur la gueule que tu as si jolie, et ça me plaît que la joliesse soit salie par du bien vilain, du bien crapuleux, du vrai dégueulasse, ce que tu es au fond, de l'horrible, de l'inhumain, que la mort te fasse enrager plutôt que souffrir en est bien la preuve, moi, elle me fait souffrir, mais jouir aussi, et jouir, tu ne sais pas. Tout vient de là n'est-ce pas ?

Parfois on regarde la télévision. Je te cherche dans des galas, des remises de prix, la rubrique faits divers qui parfois se rappelle notre histoire. Mais je ne te vois pas. Ne crois pas pour autant que tu aies disparu, là, je te tiens, tu ne m'oublieras pas, c'est sûr, je t'appartiens comme tu m'appartiens. Notre mariage est notre force.

C'est que parfois tout de même, j'aimerais boire un verre de vin. Le sevrage de la bête, qui ne peut ni s'enivrer ni faire l'amour, on a ficelé mes capacités, on a éloigné la jouissance – mauvaise toujours. Je ne dis pas que c'est mal, je pense même que c'est justifié, parfois ça me soulage de savoir écarté le mal, mais sa possibilité demeure, elle prend tant de formes dans mes nuits, des chemins de traverse, je peux lui lâcher la bride, le mal restera virtuel, abstrait, rongeant seul mon corps qui n'accueillera plus rien que lui, faute de place, faute d'occasion.

Ce qui t'intéresse, ce n'est pas pourquoi, mais quand, quelle heure, quels gestes, comment, pour pouvoir m'imaginer, et me haïr un peu plus, pour pouvoir mettre des images sous ta haine qui peut-être s'amenuise, et sans ta haine tu ne tiendras pas. Il y a encore nos enfants que tu peux abîmer pour te faire du bien crois-tu, mais tu as besoin de savoir, tu ne doutes pas de mon geste, il t'est facile de l'accepter, au fond tu l'as toujours su, je n'étais capable de rien d'autre, tu attendais que je descende encore dans le puits de notre déchéance, cela a dû te satisfaire d'une certaine manière. Mais ne pas savoir, avoir été tenu à l'écart, ça, tu ne me le pardonnes pas, et il te faudra réécrire l'histoire, des milliers et des milliers de fois, pour que le réel supplée à ton incapacité à te satisfaire de fictions alors que la fiction est la seule façon de donner un sens, la seule façon de se sentir exister. Nous avons manqué de fiction tous les deux, et la preuve du réel est toujours dans le pire, alors nous l'avons cherché, construit, pour nous ancrer dans quelque chose, nous sommes des personnages incapables d'inventer, notre vie n'a l'allure d'aucun récit, et de récit tu n'en auras pas, satisfais-toi de l'innommable. J'ai voulu pour toi la faillite des mots, j'ai fait de toi l'homme d'un réel sans mot et sans image, l'homme défait de sa possibilité d'humanité.

Je ne crois pas que tu aies jeté le congélateur, je t'imagine même le sonder, inlassablement, mais il est vide, comme vide désormais sera ta vie.

Je l'ai mis là, à côté, pas loin, qu'il reste sous la main, idéal et froid. Je l'ai mis là dans ta maison, sous ton toit, à tes côtés et dans ton ignorance, cette ignorance qui me tenait chaud derrière les frissons de terreur, parce qu'un jour tu saurais. Tu saurais le secret dont tu es responsable mais dépossédé. Je ne pouvais le mettre ailleurs, dans le jardin, une décharge, il était à moi, je n'avais pas besoin d'aller le visiter, il me suffisait de le savoir là, dans la cave. Deux fois pourtant, au milieu de la nuit, je me suis levée et je suis descendue pour le caresser, le prendre contre moi, l'embrasser, le réchauffer peut-être, mais devant le congélateur et son bruit lancinant, je me suis arrêtée, tremblante soudain, affolée, j'étais incapable d'en ouvrir la porte et d'aller le chercher au fond, sous les piles de quiches et de légumes, de steaks hachés, de plats cuisinés, non je n'ai pas pu, alors je me suis agenouillée devant le cercueil blanc, et je lui ai adressé une prière. Au début les larmes m'empêchaient de penser, puis les mots ont eu raison de mes résistances et mon cœur a libéré l'immense amour enfermé là mais rayonnant, et je l'ai senti vivre, en moi, dans la cave, dans la maison, vivre si intensément que j'ai compris que j'avais accompli là le plus bel acte de mon existence, l'amour le plus absolu que plus rien n'entacherait, rien et encore moins la vie, parce que je sais, de source sûre, que la vie entache, et que c'est même là son inexorable fonction. J'avais sauvé mon fils, et en lui la pureté du lien qui nous unissait, et personne, personne jamais ne pourrait le briser, parce qu'il était scellé par notre pacte, qu'il n'aura jamais rien connu d'autre que moi-même.

Merci à Noémie
et à Betty, bien sûr.

IMPRESSION : BRODARD ET TAUPIN, À LA FLÈCHE
DÉPÔT LÉGAL : AOÛT 2008. N° 97474
N° D'IMPRIMEUR : 47990.
Imprimé en France